Daniel Pennac

Aux fruits
de la passion

Gallimard

Tous mes remerciements à Elisabeth Amato pour avoir si bien guidé Thérèse dans le champ des astres.

À Tonino

Un gros coup de bisou : quinze morts.

Christian Mounier

I

*Où l'on apprend que Thérèse
est amoureuse
et de qui*

1

On devrait vivre a posteriori. On décide tout trop tôt. Je n'aurais jamais dû inviter ce type à dîner. Une reddition hâtive, aux conséquences désastreuses. Il faut dire que la pression était énorme. Toute la tribu s'était acharnée à me convaincre, chacun dans son registre, une puissance de feu terrible :

– Comment, gueulait Jérémy, Thérèse est amoureuse et tu ne veux pas voir son mec ?

– Je n'ai jamais dit ça.

Louna a pris le relais :

– Thérèse trouve un monsieur qui s'intéresse à elle, un phénomène aussi improbable qu'une tulipe sur la planète Mars, et tu t'en fiches ?

– Je n'ai pas dit que je m'en fichais.

– Même pas un chouia de curiosité, Benjamin ?

Ça, c'était Clara, sa voix de velours...

– Tu sais ce qu'il fait au moins, dans la vie, l'ami de Thérèse ? a demandé le Petit, derrière ses lunettes roses.

Non, je ne savais pas ce qu'il faisait au moins.

13

– Des contes !

– Des contes ?

– C'est ce qu'a dit Thérèse : il fait des contes !

Interdire notre quincaillerie à un conteur, c'était anéantir le système de valeurs du Petit. De ma propre personne à Loussa de Casamance, en passant par l'ami Théo, le vieux Risson, Clément Clément, Thian, Yasmina ou Cissou la Neige, le Petit n'avait rien fréquenté d'autre depuis sa naissance.

– C'est vrai, ai-je demandé un peu plus tard à Julie, ce thérèsophile est un conteur ?

– Conteur ou garagiste, a répondu Julie, il faudra que tu y passes, autant céder tout de suite. Organise un dîner.

Maman, elle, était quelque part en amour, comme d'habitude. C'est au téléphone, un matin vers dix heures – craquements circonspects de biscotte, elle nous appelait de son lit probablement, derrière le plateau d'un petit déjeuner –, qu'elle apprit la bonne nouvelle. Elle a dit ce qu'elle dit toujours, chaque fois qu'une de ses filles tombe en pâmoison.

– Thérèse éprise ? Mais c'est mer-vei-lleux ! Je lui souhaite d'être aussi heureuse que moi.

Et elle a raccroché.

En matière de femmes, inutile de se rabattre sur les hommes. J'ai consulté les copains pour la forme. Hadouch, Mo et Simon partageaient comme de juste le même avis :

– Ça t'a toujours posé problème que tes sœurs se fassent sauter, Ben. Tu voudrais les garder pour

14

toi, c'est ton côté « méditerranéen », comme vous dites, vous autres.

Le vieil Amar, lui, y était allé de son paisible fatalisme :

– *Inch Allah*, mon fils, ce que femme veut, Dieu le veut. Yasmina m'a voulu parce que Dieu a voulu que je veuille Yasmina. Tu comprends ? Il faut avoir l'esprit aussi large que le cœur de Dieu.

J'ai repensé à Stojil. Quel conseil m'aurait donné mon vieux Stojil, penché sur notre échiquier, s'il n'était pas mort avant terme ? Le même probablement que lorsque Julie s'était mis dans le ventre un désir de progéniture :

– Laisse faire Thérèse.

Réponse assez proche du laconisme ontologique de Rabbi Razon :

– L'espèce humaine est une décision de femme, Benjamin. Même Hitler n'a rien pu contre.

Ce que m'a confirmé Gervaise, la seconde mère de mon fils, la doublure de Julie, une âme sainte, qui voue son existence à la rédemption des miche-tonneuses, là-haut, vers la rue des Abbesses. J'étais allé la consulter dans ce jardin d'enfants qu'elle a ouvert à tous les fils et filles de pute du quartier. La marmaille illégitime cabriolait autour d'elle dans un parfum de lait sur et de peau neuve. Gervaise émergeait de ce grouillement comme le rocher de la maternité.

– Si Thérèse veut faire un enfant, Benjamin, elle le fera. C'est une question d'appétit. Même les pros n'y résistent pas. Regarde.

Son bras fit un cercle au-dessus des putassons qui fouissaient dans son giron.

– Si je ne peux pas empêcher ça, comment veux-tu y arriver, toi ?

Elle avait baptisé sa crèche *Aux fruits de la passion*, par antiphrase. Elle y employait ma sœur Clara qui débarquait tous les matins avec Verdun, C'Est Un Ange et Monsieur Malaussène. Après tout, eux aussi étaient des fruits de la passion. Gervaise et Clara régnaient en douceur sur ce petit bordel.

Théo quant à lui, mon vieux pote Théo, l'amant des hommes, m'a servi son lamento, pendant une soirée de vague à l'âme :

– Que voudrais-tu au juste ? Que Thérèse soit une fille abonnée aux filles ? Il y a dans l'homosexualité un *facteur identique* qui déprime, à la longue, crois-en mon insatiable recherche, Ben. Et puis, ajouta-t-il, Thérèse est venue me consulter... ta marge de manœuvre est étroite.

– Qu'est-ce qu'elle t'a dit ?

– Ce qu'elle aimerait pouvoir te dire. Mais elle a peur de toi, tu es le chef. Moi je suis la vieille tante à qui on dit tout et qui ne répète rien.

Aux Éditions du Talion, mon travail s'en ressentait, bien sûr. Et je n'avais rien à espérer de la reine Zabo :

– Faites-moi chier une seule fois encore avec votre famille, Malaussène, et je vous lourde. Définitivement.

Ça ne m'a pas plu.

– D'accord, Majesté, je suis viré.

16

Derrière la porte claquée, elle a gueulé, assez fort pour que je l'entende :

– Ne comptez pas sur des indemnités !

Dans le couloir, Loussa de Casamance, mon vieil ami Loussa, spécialiste sénégalais de littérature chinoise, m'a demandé :

– *Chengfa, haizi ?* (Encore puni, gamin ?)

J'ai juste répondu que, cette fois-ci, je partais pour de bon.

– *Wo gai zou le, yilaoyongyi !*

– Le verbe à la fin, gamin, je te l'ai dit cent fois : *yilaoyongyi, wo gai zou le !*

Une fois de plus, entouré comme je l'étais, je restais seul avec un problème qui n'était pas le mien. Mais enfin quoi, Thérèse Malaussène amoureuse ! Ma Thérèse à la roideur si fragile ! Ma spirite en verre de Murano. Tellement cassante... Amoureuse ! Dans une famille où de mémoire tribale l'amour n'avait jamais engendré que l'irréparable ! Maman, Clara, Louna en savaient quelque chose, pourtant. Combien de ruptures, combien d'échecs, combien de morts violentes, et combien d'orphelins au bout du compte ? L'amour avait pavé cette famille de cadavres sur lesquels gambadait une marmaille exponentielle, et toutes ces femmes étaient prêtes à repartir de zéro, le cœur neuf, à s'enchanter de cette roseur soudaine sur les joues creuses de Thérèse, identifiée illico comme la marque de l'amour, quand j'avais espéré une innocente tuberculose.

C'est vrai, qu'on le prenne comme on voudra mais j'avais placé tout mon espoir dans le bacille de Koch. Ce rosissement chez ma si blafarde Thérèse, ce sentimentalisme inusité en sa parole si sèche, cette aura toute chaude chez une fille si froide, ces rêveries fiévreuses, ce regard luisant, une seule explication : phtisie. On peut attraper la tuberculose par romantisme, Thérèse n'en manquait pas. Six mois d'antibiotiques et il n'y paraîtrait plus.

J'ai nourri cette illusion aussi longtemps que j'ai pu, et puis un soir j'ai voulu en avoir le cœur net. Une demi-heure après l'extinction des feux je me suis introduit dans la chambre des enfants et me suis penché sur le lit de Thérèse :

– Thérèse, ma chérie, tu dors ?

Elle avait les yeux grands ouverts sur la nuit.

– Thérèse, qu'est-ce que tu as ?

Elle me l'a dit :

– J'aime.

J'ai tenté une sortie :

– Tu aimes quoi ?

Mais elle a confirmé :

– J'aime un homme.

Après un silence évanescent, elle a ajouté :

– Je voudrais vous le présenter.

Et, comme je me taisais toujours :

– Ce sera quand tu voudras, Benjamin.

Ils en étaient là depuis trois jours. À conquérir mon bon vouloir. Les assauts se répétaient. Je menais une guerre de tranchées que je savais perdue d'avance. C'est finalement Julius le Chien qui a emporté le morceau.

– Et toi, qu'est-ce que tu en dis ?
Il a levé sur moi des yeux indiscutables.
– D'accord, on l'invite demain soir.
Julius le Chien aussi aimait les contes.

2

Ce n'était pas un conteur. C'était un conseiller à la Cour des comptes. Le Petit était encore à l'âge où on place ses espoirs dans l'homonymie ; il entendait ce qu'il voulait entendre. Mais ce type était conseiller à la Cour des comptes, il en avait le costume trois pièces et pas la moindre envie de narrer quoi que ce soit. Thérèse nous le présenta :

– Marie-Colbert de Roberval, dit-elle. Il est conseiller à la Cour des comptes. Conseiller référendaire de première classe, précisa-t-elle d'un ton sucré.

Julius le Chien vissa aussitôt son pif dans le fessier de Marie-Colbert et leva sur moi un regard sidéré : le courtisan-compteur ne sentait rien.

– Enchanté, dis-je.

– Son frère s'est pendu, annonça Thérèse.

Je ne sais si ce fut la nouvelle en elle-même, son caractère inopiné ou le ton serein de Thérèse, mais les réactions de la tribu manquèrent de cet élan qui dit la vraie compassion.

– Mon Dieu ! susurra Théo.

– Sans blague ? fit Jérémy.

– Avec quoi ? demanda le Petit.

– Désolée, murmura Louna sans qu'on sût si elle plaignait le mort, consolait le survivant ou lui présentait nos excuses.

Clara photographia le couple, le flash dissipa le malaise, et Thérèse nous désigna tous pendant que le polaroid recrachait sa photo :

– Ma famille, dit-elle.

Aucun doute, elle avait le sourire de l'amoureuse qui présente à l'aimé son aimante et future belle-famille.

– Clara prend tout en photo, ajouta-t-elle en pouffant.

– Je suis ravi de vous connaître enfin, répondit Marie-Colbert.

C'était une voix sans timbre mais non sans intentions ; il les avait toutes rassemblées dans l'adverbe *enfin*.

Aujourd'hui, je ne sais trop quoi dire de ce dîner. Thérèse avait tenu à ce que toute la tribu y assistât : Théo dans le rôle de notre mère absente, Amar dans celui du père que nous n'avons jamais eu, Julie en qualité de femme légitime, Gervaise comme notre caution morale, le vieux Semelle dans l'emploi du grand-père-artisan-retraité-méritant, Hadouch, Mo et Simon en cousins de province, et Loussa de Casamance comme oncle culturel, au cas où la conversation aurait pris de l'altitude. Clara avait mis les petits plats dans les gigantesques, Jérémy avait demandé au conseiller de Thérèse « quel genre de conseils il filait », Marie-

Colbert avait répondu de sa voix neutre qu'il « filait » autre chose, Semelle avait exhibé sa médaille de la Ville de Paris en laissant entendre qu'il ne refuserait pas celle du Travail, Louna avait eu des sourires d'excuses, Gervaise s'était poliment enquise de ce que comptait la Cour des comptes, Marie-Colbert s'était fendu d'un « topo » au terme duquel il apparaissait que ladite Cour était une police des polices de l'ENA, où d'austères et vertueux fonctionnaires comptaient les gommes chapardées par leurs camarades de promotion, le Petit avait estimé qu'« il racontait bien », mais je n'avais pas entendu grand-chose de tout ça, occupé que j'étais à digérer une interminable première impression.

Marie-Colbert était un type si grand, si droit et si bien élevé que le pan de son veston rebiquait au-dessus de ses fesses rebondies. Glabre, bien en chair, d'une pâleur idéale, il posait sur le monde un regard qui voulait porter loin. Sa poigne était ferme – le sport, comme le reste, avait dû faire partie de son éducation – et je l'imaginais volontiers mélomane, ce genre à jouer du Bach à heure fixe, avec une obstination de métronome. Ses manches paraissaient un rien trop courtes et on n'aurait pu dire s'il était chauve ou bien peigné.

Tard dans la nuit, j'ai réveillé Julie pour lui demander ce qu'elle en pensait.

– Rien, avait-elle répondu, un énarque plus vrai que nature, c'est tout.

Et c'était bien ce qui me chiffonnait. Où diable Thérèse avait-elle déniché un pareil spécimen de normalité ?

– À mon travail, me répondit-elle quand je lui posai la question, tu sais bien que je ne sors jamais !

Le boulot de Thérèse, c'était la bonne aventure. Elle la disait dans une minuscule caravane tchèque, que Hadouch, Mo et Simon avaient dégotée je ne sais où et posée sur quatre parpaings de ciment, boulevard de Ménilmontant, sous les murailles du Père-Lachaise, là où finit le marché. Qu'il vente, neige, ou canicule, l'humanité entière faisait la queue devant la caravane de Thérèse. Avec la meilleure volonté du monde, je ne pouvais me représenter la tête impeccable de Marie-Colbert émergeant de cette foule.

Seulement, Thérèse ne mentait jamais.

– Toutes sortes de gens me consultent, tu sais, il n'y a pas que Belleville à Paris !

Soit. Pour en revenir à ce dîner, je crois savoir ce qui clochait. La cause de ma distraction. C'était le polaroid que Clara avait pris du couple. Elle avait posé la photo sur la nappe, à côté de moi, avant d'aller chercher les plats à la cuisine, et l'avait oubliée là. Je n'ai jamais beaucoup aimé les pola-roids... cette nébuleuse grisâtre en sa lente recom-position... ces visages émergeant d'un fond sans épaisseur... cette génération spontanée de l'image... cette carnation incontrôlable... et pour finir cette joyeuse commémoration d'un présent sitôt passé... non, il y a là-dedans un mystère chi-mique qui me flanque une pétoche primitive... la peur de la révélation, peut-être, de ce qu'on verra, quand tout sera *révélé*. Oui, je crois bien avoir passé ce foutu dîner à guetter l'apparition de Thérèse et de Marie-Colbert dans ce carré de gélatine nuageuse. C'est qu'il en mettait du temps, à éclore, le couple idéal ! Ce fut Thérèse qui se montra la première. Les angles de Thérèse. Comme on trace les premières lignes d'une esquisse. Une Thérèse anguleuse et jaunâtre, d'abord. Puis, le rouge phtisique de ses joues dans un visage qui n'existait pas encore... la saignée transversale de son sourire – elle avait mis du rouge à lèvres pour la première fois de sa vie... Mais à qui souriait-elle ? Pas la moindre trace de Marie-Colbert. Thérèse se recomposait seule dans un vide où transparaissaient les premiers éléments du décor. Mais pas de Marie-Colbert. Ai-je eu peur, vraiment ? Me suis-je dit que Thérèse avait levé un vampire, sorti du Père-Lachaise pour faire la queue devant sa caravane et la saigner à blanc ? Il y avait de ça, si j'en juge par le soulagement que j'ai éprouvé en voyant se dessiner enfin la masse pâle du conseiller référendaire... son impeccable costume, d'abord... lui-même dans son costume, ensuite... et son visage, enfin, auquel souriait ma sœur Thérèse.

Le repas entier avait dû y passer, parce que le dernier souvenir que je garde de cette soirée, ce fut le large visage de Marie-Colbert, penché sur moi, sourire plat, regard précis, mots chuchotés, pendant que la tribu s'extasiait sur la photo :

– Il faudrait que je vous voie, Benjamin.

On trouvait la ressemblance épatante.

– En particulier, précisa-t-il.

On louait la fidélité des couleurs.

– Demain, quatorze heures.
Un couple charmant, vraiment !
– Le bar du Crillon, ça vous va ?
Un avenir prometteur.
– Nous parlerons mariage.

II

*Où l'on fait plus ample connaissance
avec le promis
Ce qu'on en pense*

3

Le lendemain, dans les ors du Crillon, quatorze heures pétantes, Marie-Colbert de Roberval (« Appelez-moi MC2, Benjamin, c'est ainsi que nous faisons à l'École, entre camarades de promotion »), MC2, donc, m'annonça son intention d'épouser Thérèse dans les plus brefs délais. Ses obligations professionnelles lui laissant peu de temps pour en débattre, il ne me demandait pas la main de ma sœur, il se l'accordait, tout simplement. Il épouserait Thérèse dans les quinze jours, voilà.

– À Saint-Philippe-du-Roule.

(« Sais-tu ce que les gogos disaient de Pétain et des Allemands pendant l'Occupation ? » me demanda Julie à ce point de mon compte rendu. Je ne savais pas. « Saint Philippe les roule. »)

– Sous le régime de la communauté universelle, précisa MC2 en touillant son café. Tout ce qui est à moi deviendra sien. Quant à elle...

Il y eut un silence de petites cuillers.

– Elle me suffit amplement.

Façon de m'informer qu'un prince acceptait ma Cendrillon, avec ou sans carrosse. (Le pognon prend de ces pincettes pour dire le prix du sentiment !)

– N'allez pas en conclure que Thérèse mènera une vie de femme entretenue, Benjamin. Ce n'est pas dans son tempérament.

Silence. Regard convaincant. Mots pesés :

– Votre sœur est une femme exceptionnelle.

C'était la première fois que Julius le Chien et moi entendions parler de Thérèse en qualité de femme. Tout compliment méritant salaire, Julius plongea un museau ruisselant d'affection dans l'entrejambe beau-fraternel et sa queue balaya joyeusement nos deux tasses à moitié pleines. Pluie de café, sucrier volant, ballet silencieux de la valetaille, serviette-éponge, ce n'est rien, couché Julius ! Gâteaux neufs, café fumant, napperons immaculés, voilà, on peut reprendre, excusez-le, je vous en prie...

– Thérèse conservera son activité. Seulement, elle l'exercera dans des sphères plus...

Quel adjectif cherchait-il : « éminentes » ? « fréquentables » ? « lucratives » ? « informées » ? « responsables » ? Soudain, il aiguilla la conversation sur une voie de traverse.

– Vous a-t-elle dit comment nous nous sommes rencontrés ?

Ils s'étaient rencontrés à propos du pendu. Le frère de Marie-Colbert de Roberval (MC2), Charles-Henri de Roberval (CH2), le pendu. Malheureux effet de la déontologie, cette pendaison !

Voici l'histoire : MC2 diligente une enquête sur le budget de fonctionnement d'un ministère où a régné son frère quelques années plus tôt, et CH2 se pend. Charles-Henri s'était-il senti soupçonné, bientôt jeté en pâture aux juges d'instruction ? Avait-il eu peur de voir son nom écartelé à la une ?

– Craintes d'autant plus absurdes qu'il s'agissait d'une enquête de routine, je vous l'assure, et la gestion de Charles-Henri se révéla irréprochable.

Mais la famille de Roberval avait l'honneur chevillé au nom, et un sens aigu du service public. Une constante familiale, oui, depuis Colbert, justement ! La particule gagnée sous Louis XIV avait été mise dès la Révolution au service de la République.

– Deux siècles de jacobinisme incorruptible, Benjamin, portant un peu à droite, je vous l'accorde, nous ne votons sans doute pas du même côté vous et moi, mais le centralisme d'abord, héritage commun du Grand Siècle et de la République, nous sommes bien d'accord ?

Bref, Charles-Henri se pend. Dans l'hôtel particulier des Roberval, au 60 de la rue Quincampoix, sous les pieds de son frère, quasiment. Était-il possible que ce fût à cause de son enquête à lui, Marie-Colbert ? MC2 en perd le sommeil, le boire, le manger, l'appétit d'être.

– C'est le mot juste, Thérèse m'a rendu l'appétit d'être !

Ce qui ne me dit toujours pas comment il l'a rencontrée.

– Par un camarade de promotion, ancien ministre, lui aussi.

Qui la connaissait de ?

– Son domestique chinois. Cantonais pour être exact. Un pauvre bougre de votre quartier dont la femme avait pris le large et qui s'était mis à douter de sa virilité. Votre sœur lui a tiré le Yi-king et les choses sont rentrées dans l'ordre ; l'épouse égarée est revenue se faire engrosser à la maison.

– Tiré le Yi-king ?

– Divination chinoise, par jet de baguettes qui forment comme des idéogrammes. Un mikado spirite en quelque sorte.

– Thérèse vous a tiré le Yi-king, à vous aussi ?

Non, conseillé par son camarade de promotion, Marie-Colbert était allé consulter Thérèse avec la date, l'heure et le lieu de naissance de Charles-Henri, comme s'il se fût agi de tracer l'avenir d'un frère bien vivant. Thérèse avait jeté un œil sur les chiffres et levé les deux yeux sur Marie-Colbert : « Cet homme s'est pendu il y a quinze jours, c'était votre frère et vous vous demandez si vous êtes responsable de sa mort. Vous êtes bouleversé. »

– Mot pour mot ce qu'elle m'a dit, Benjamin.

*

Mot pour mot ce que Thérèse me confirma le soir même :

– C'est vrai, Marie-Colbert n'aurait pas pu éviter le suicide de Charles-Henri, je n'ai jamais vu

32

un plus mauvais thème astral : Mars et Uranus en huitième Maison, tu te rends compte, Benjamin ! et en opposition avec Saturne qui plus est ! Non, trop de convergences, vraiment ! J'ai eu toutes les peines du monde à rassurer Marie-Colbert. Il se sentait tellement coupable. Un tel besoin de consolation... Tu sais, il me fait beaucoup penser à toi, Benjamin... si rationnel et si émotif, pourtant ! Donc, tu l'as vu ? Ça s'est bien passé ? Raconte !

Le tout à la table familiale, qui n'en perdait pas une, évidemment.

— Où vous êtes-vous rencontrés ? demanda Clara.

— Au bar du Crillon.

— Nul, intervint Jérémy. C'est au bar Hemingway que se décident les trucs importants aujourd'hui.

— Comment tu sais ça ? demanda le Petit.

— Ta gueule, suggéra Jérémy.

— Toi-même, conseilla le Petit.

— Je pencherais plutôt pour le café Coste, corrigea Théo, de passage à notre table ce soir-là. C'est au Coste que tout se joue, aujourd'hui.

— Le bar Hemingway, maintint Jérémy, le bar Hemingway du Ritz.

— Le café Coste, répéta Théo, je t'assure, depuis six mois le Coste.

— Du pipeau, fit Jérémy.

— Tout dépend de ce qu'on veut faire dans la vie, essaya Clara. Si c'est pour la photo, par exemple...

— Tout de même, un rancard au Crillon..., sifflota Louna.

– Ringard, trancha Jérémy.

– Qu'est-ce qu'il t'a dit ? demanda Thérèse. De quoi avez-vous parlé encore ?

– De ton avenir, ma grande. Et de celui de la nation.

*

Oui. MC2 avait pris feu. Les aptitudes divinatoires de Thérèse l'avaient « littéralement époustouflé ». Avec sa voix égale et son grand corps immobile, il avait atteint le comble de l'enthousiasme. À l'entendre, l'avenir du pays tout entier dépendait de Thérèse. Thérèse incarnait « l'intuition indispensable à tout gouvernement, le correctif nécessaire à une rationalité aveugle ». Elle était le « cerveau droit » de la République, « cette part intuitive de l'esprit, scandaleusement négligée par notre système éducatif au profit d'un rationalisme qui n'en finit pas de buter contre ses bornes ».

Je jure qu'il parlait comme ça. Sans brouillon ! Il eut un sourire séculaire :

– Et c'est moi qui vous dis cela, Benjamin, moi, Marie-Colbert de Roberval, qui porte un prénom d'autorité allié à un patronyme de mesure !

(Quand je vous dis qu'il parlait comme ça...) Dans la foulée, il nous commanda deux cognacs.

– Eh bien, j'en suis revenu, mon vieux ! Dix minutes en face de votre sœur m'ont suffi pour admettre la part de l'âme. Et qu'on n'aille pas me taxer de superstition !

Bien au contraire, en épousant Thérèse, Marie-Colbert se promettait de chasser toutes les diseuses de bonne aventure qui infestaient les allées du pouvoir. Thérèse, elle, c'était autre chose.

– Avec Thérèse, nous n'aurions jamais dissous !

– Dissous ?

– L'Assemblée. Dissoute. L'an passé. Vous vous souvenez ? Les députés... les élections perdues. Si nous avions consulté Thérèse, nous aurions évité la dissolution. Nous serions encore aux commandes et la France s'en porterait mieux.

Allons bon.

– Et si mon frère vous avait connu, il ne se serait jamais pendu.

Pardon ?

Il se tut. Le cognac tournait au creux de ses mains. On aurait dit qu'il cherchait à y repêcher l'avenir du mort. J'en ai profité pour m'offrir une petite vision dans mon propre verre : Thérèse abandonnant le marc de café pour dire l'avenir dans la fine champagne... ma Thérèse troquant sa caravane pour du Louis XV et son tarot pour le double jeu du bridge... Je l'ai vue, très nettement, là, dans le ventre de mon verre, Thérèse, penchée sur un velours de bridgeurs, lisant l'avenir à ce beau monde dans le jeu du mort étalé devant elle. Et ce fut mon premier flash. Oh ! trois fois rien, une intuition de passage, fugace mais nette comme un décret : j'étais dans la merde. Voilà. Ce mariage allait me plonger dans la merde, moi, personnellement Benjamin Malaussène. Et pas n'importe quel merdier, rien à voir avec les merderies ordinaires dont le hasard m'avait sorti jusqu'à présent, non, une fosse d'aisance océanique à côté de laquelle tout ce qui m'était arrivé à ce jour relèverait de la plaisanterie. Je ne savais pas de quoi on m'accuserait au juste, mais, au fond de mon cognac et dans le silence feutré de ce bar, ça prenait une allure de totalité. Cette fois-ci, j'allais morfler pour de bon. Et pas d'échappatoire. On n'allait pas m'accuser de ceci ou de cela, non, non, non, on m'accuserait de *tout*.

Comme pour faire écho à ma terreur, la voix de Marie-Colbert (Marie-Colbert !) prononça distinctement .

– Ce métier de bouc émissaire, Benjamin...

Pas de doute, un copronuage se formait au-dessus de ma tête.

– Si vous aviez seulement enseigné les rudiments de la bouc-émissarisation à mon frère, il ne serait pas mort, aujourd'hui.

Quelle heure est-il ? Il faut que je me barre. MC2 continuait, droit dans mes yeux, comme s'il se confiait pour la première fois de sa vie :

– Charles-Henri était un pur produit de l'École, comme moi, c'est-à-dire un bouc émissaire, comme vous. À ceci près que, nous autres, nous l'ignorons. L'École nous prépare aux plus hautes fonctions, nous y entrons bons élèves et en ressortons ministrables, mais qu'est-ce qu'un ministre, Benjamin ? Et un président-directeur général ? Et un administrateur ? Et un responsable de chaîne ?

Des fusibles, mon cher ! Des boucs égorgés à chaque tournant de la politique. Nous nous croyons formés pour la gestion et on nous destine au sacrifice ! Un professeur de bouc-émissarisation, voilà ce qui manque à l'École ! Quelqu'un de votre trempe, qui saurait préparer l'élite à l'immolation quand elle se croit destinée au pouvoir. Je vous le dis, l'École a besoin de votre enseignement !

J'aurais dû me sentir honoré. Une proposition d'embauche, au moment même où la reine Zabo venait de m'éjecter... Et à l'École des écoles, pensez donc ! Moi, enseignant aux têtes des têtes ! Mais va savoir pourquoi, au lieu d'une couronne de lauriers, c'était bel et bien ce foutu nuage d'emmerdes que je sentais se tresser au-dessus de ma tête.

– Quand bien même aurait-il été coupable, Charles-Henri ne se serait pas pendu s'il vous avait eu comme professeur ! Il aurait joué son rôle de bouc, en excellent élève qu'il était, et il serait vivant, aujourd'hui.

Le nuage lâchait déjà des effluves auprès desquels Julius le Chien lui-même sentait bon. Pourquoi moi ? Pourquoi toujours moi ?

– Je ne plaisante pas, Benjamin. Les portes de l'École vous sont ouvertes. Un signal de vous et j'en parle à qui de droit.

Non, non ! Très aimable à vous, pas un mot à qui de droit, surtout pas à qui de droit ! Il fallait que j'y aille d'ailleurs, voilà, c'était très... le café...

la conversation... le cognac, bien sûr, la confiance, aussi... l'honneur fait à ma sœur... vraiment très...

– Une dernière chose, Benjamin.

La dernière, alors, hein !

Et Marie-Colbert de Roberval, le conseiller référendaire de première classe, mon futur beauf, m'a servi la der des ders en réclamant l'addition :

– Ne le prenez pas mal, mais je préférerais que vous n'assistiez pas à notre mariage. Ni vous ni aucun membre de votre famille.

4

Ses arguments se défendaient. Thérèse lui avait raconté les amours sans noce de maman (géniteurs jetés aux orties), le mariage de Clara (mort violente du marié), celui du chirurgien Berthold avec notre amie Mondine (bagarre générale dans les travées de Notre-Dame : sept blessés dont trois sérieux)... « toutes choses qui l'ont beaucoup marquée, Benjamin ». Ce n'était pas que Marie-Colbert eût honte de notre famille, mais il ne voulait pas courir le risque d'une guerre civile pendant la cérémonie à Saint-Philippe-du-Roule, tout simplement, « votre sœur ne le supporterait pas ; elle a trop le sens du... sacré ». (Et comment !)

– Mais je n'ai pas eu le courage d'en parler à Thérèse, je préférerais que vous le lui annonciez vous-même, comme si l'idée venait de vous. Mettez cette petite lâcheté au crédit de ma délicatesse, Benjamin, je vous en prie.

Julius le Chien et moi remâchions tout ça en remontant à Belleville. On essayait de « tirer les conséquences » de cette conversation, comme disent les politiques. Mais les conséquences n'ont besoin de personne pour se faire tirer, contrairement aux conclusions qui ne demandent que ça. La conséquence, c'est justement le crash d'une conclusion mal tirée. Je voyais l'avenir en noir. Inutile de regarder en l'air pour savoir que le copronuage nous suivait...

Parce que, si on résume, de quoi s'agit-il ? Marie-Colbert de Roberval, une bête politique nourrie au grain de l'Histoire, se propose d'exploiter les dons de Thérèse pour sa carrière personnelle, voilà. Et le même stratège veut me bombarder professeur à l'École des écoles, pour me faire un jour porter le Chapeau des chapeaux. « Ce métier de bouc émissaire, Benjamin... » Pensez donc, un bouc à l'échelle de la nation, quelle aubaine pour un amateur de pouvoir ! Et une voyante pour devenir calife à la place du Calife en ces temps de chats noirs, le rêve de tout politicard ! Non, non, il n'y a pas un milligramme de sentiment là-dedans. Rien que du calcul. De l'arrière-pensée qui va de l'avant par tous les moyens. Monsieur, vous n'aimez pas ma sœur et, pour parler votre langue, je ne la sacrifierai pas à l'autel de vos ambitions.

Nos six pattes nous remontaient vers Belleville à travers un Paris électoral où Julius le Chien compissait certains panneaux de candidats et pas d'autres. Je n'y ai pas prêté attention d'abord, et puis je n'en ai pas cru mes yeux. Aucun doute pourtant, de toutes ces têtes d'avenir qui affichaient des sourires prometteurs à la sortie des écoles, Julius choisissait soigneusement celles à qui il faisait l'affront d'un pissat jaunâtre. Le Petit et Jérémy m'avaient prévenu, mais je n'avais pas voulu les croire.

– On lui a appris, Ben, je te jure.

– Il est doué, tu verras, il se goure jamais. Une vraie conscience politique !

Nom de Dieu, c'était pourtant vrai, mes deux crétins de frères avaient initié Julius au sacrilège électoral ! Pendant que je m'échinais à leur apprendre le respect des opinions et les vertus de la diversité, ils en avaient fait le chien le plus sectaire de la capitale !

– Arrête, Julius, bon Dieu !

Julius le Chien n'arrêtait pas. Julius le Chien passait et les candidats baignaient. Certains candidats. Une terreur rétrospective me vrilla la moelle. Et si par la faute de ces petits cons Julius avait compissé Marie-Colbert en plein Crillon ? Mais non, Julius le Chien pratiquait la politique à la française : il s'attaquait aux images pour mieux pactiser avec les personnes. Salopard ! Bonne conscience de quat'sous. Réaliste, hein ? Pauvre clebs...

– Julius, arrête !

Cette fois, c'était plus sérieux. Nous étions arrivés à la maison. Depuis une dizaine de jours, des mains anonymes avaient placardé la figure angélique d'un certain Martin Lejoli sur le mur d'en face. Martin Lejoli nous promettait une France monochrome en brandissant un flambeau tricolore. Jérémy, le Petit et leur bande avaient beau l'affubler de cornes ou de moustaches, lui noircir les incisives ou lui pocher les yeux, orner son front d'une virgule hitlérienne ou transformer son flambeau en pénis inavouable, tous les matins Martin Lejoli renaissait de son martyre, indemne, tricolore et souriant, dans une affiche flambant neuve. Assis sur son gros cul, Julius le Chien regardait Martin dans les yeux. Quand j'ai compris ce qu'il allait faire, c'était trop tard, il le faisait. J'ai tourné les talons, je l'avoue. J'ai renié mon chien et suis rentré chez nous comme un foireux. Lorsque j'eus le courage de lever un coin de rideau, Martin Lejoli fumait, au-dessus d'un flambeau assez pareil au sien, et Julius grattait à la porte pour entrer à son tour.

Ces insanités m'avaient achevé. J'étais de très mauvais poil. Moi vivant, Thérèse n'épouserait pas ce Marie-Colbert, point final !

– Tu paries ? m'a demandé Julie.

J'ai parié, j'ai perdu.

Thérèse a démoli mes arguments un par un. À commencer par les plus conventionnels. Cela s'est passé à table. Dans le silence tribal. Ci-joint le dialogue :

MOI : Thérèse, tu as confiance en moi ?

ELLE : Je n'ai confiance qu'en toi, Benjamin.

MOI : Ton Marie-Colbert, je ne le sens pas.

ELLE : C'est à moi de le sentir.

MOI : Tu ne sais rien de lui, Thérèse.

ELLE : Sa famille est dans les livres d'histoire depuis le XVIIe siècle.

MOI : Aujourd'hui la politique n'est plus un métier sûr !

ELLE : Cite-moi un seul métier sûr, aujourd'hui.

MOI : Enfin, Thérèse, tu l'as regardé ? C'est pas notre milieu, quoi !

ELLE : Mon milieu, c'est la vie.

MOI : Distribuer des petits-fours dans un tailleur Chanel, c'est ça, la vie ?

ELLE : Ni plus ni moins que se taper la vaisselle en robe de chambre.

MOI : Ce type est un gommeux, Thérèse, il nous méprise, il n'a jamais dépassé la Bastille avant de venir dîner à la maison.

ELLE : Tu descends souvent jusqu'à la Concorde, Benjamin ?

MOI : Il y a un pendu dans sa famille !

ELLE : Son frère ne se serait pas pendu s'il t'avait connu, j'en ai la certitude.

MOI : Thérèse de Roberval... sincèrement, tu trouves que c'est un nom pour toi, Thérèse de Roberval ?

ELLE : Ton propre fils s'appelle Monsieur Malaussène Malaussène. J'étais contre, rappelle-toi.

MOI : Thérèse, crois-moi, je n'ai rien contre lui mais ce type ne me dit rien qui vaille. Il est raide comme un décret !

ELLE : Et moi toute en angles, on est fait pour s'entendre.

MOI : Dans cinq ans, tu divorces !

ELLE : Cinq ans de bonheur ? Je n'en espérais pas tant.

La méthode bourgeoise ne donnant rien, j'ai essayé d'attirer Thérèse sur son propre terrain.

– Bon, ma chérie, calmons-nous.

– Je suis calme.

– Le mariage est une chose sérieuse.

– D'accord sur ce point.

– As-tu pris tes précautions ?

– Des précautions ?

– Est-ce que tu as étudié son thème astral, au moins ? Et le tien ? Et le vôtre ? Est-ce que tu t'es préoccupée de votre avenir commun ?

– L'astrologie ne sert pas à ça, Benjamin.

– Non ?

– L'astrologie sert à se soucier des autres, pas de soi.

– Ne m'emmerde pas avec des questions de déontologie !

– Ce n'est pas une question de déontologie. Le voile d'amour rend aveugle, voilà tout. Si je voulais nous tirer les cartes, je ne le pourrais tout simplement pas. L'amour ne se prédit pas, il se construit. Regarde Julie et toi...

– Laisse Julie de côté, tu veux ?

(D'autant que Julie était en train de gagner son pari.) J'ai décidé de laisser choir la diplomatie pour frapper un grand coup :

– Thérèse, Marie-Colbert nous interdit d'assister à votre mariage, il te l'a dit ?

– Et alors ? Puisque tu es contre. Il te rend plutôt service, non ?

Je jure qu'il n'y avait pas plus d'une demi-seconde entre mes questions et ses réponses. Finalement, j'ai lâché le morceau :

– Écoute, Thérèse, j'ai bien observé Marie-Colbert cet après-midi, je ne voulais pas te le dire mais je suis ressorti de là avec la conviction qu'il veut exploiter ton don pour sa carrière personnelle, un point c'est tout. C'est un homme de pouvoir, il t'épouse par politique !

– Tu veux dire qu'il ne m'aimerait pas pour moi-même ?

– Exact. C'est la voyante qui l'intéresse.

– Ça au moins, c'est facile à vérifier.

Elle a prononcé cette phrase avec un sourire si paisible que j'en ai retrouvé tout mon courage.

– J'aurai perdu mon don le lendemain de ma nuit de noces, ajouta-t-elle. S'il me répudie, c'est qu'il voulait épouser une voyante.

Il nous a fallu un certain temps pour assimiler toutes les informations contenues dans ces quelques mots.

Ce fut Jérémy qui craqua le premier :

– Tu veux dire que quand tu ne seras plus... tu ne...

– Exactement.

– Parce que vous n'avez pas encore... il ne t'a pas...

– Sautée ? Baisée ? Tronchée ? Tirée ? Niquée ? Fourrée ? demanda Thérèse en puisant dans le lexique de Jérémy. Non. J'ai décidé d'arriver vierge au mariage. Une petite pointe d'originalité dans notre vie familiale...

– C'est à maman que tu fais allusion ?

– Maman est maman. Moi, je suis moi.

Et la soirée a tourné au vinaigre, Jérémy prenant violemment le parti de maman, que Thérèse se défendait d'attaquer, jusqu'à ce que tout le monde foute le camp et que les portes claquent, comme dans les familles les mieux structurées.

III

Où il est dit que l'amour
est bien ce qu'on en dit

5

J'ai tout fait, j'ai vraiment tout fait pour empêcher ce mariage. J'ai d'abord viré Théo qui prenait outrageusement le parti de Thérèse. Il venait de tomber raide amoureux d'un courtier en Bourse et prônait la passion comme notre dernière valeur refuge. Avec la logique qui était la sienne, il me sortait des arguments qui m'auraient plu en d'autres circonstances :

– Laisse Thérèse épouser ce type, Ben, si tu savais comme Hervé et moi aimerions faire un enfant !

– Tu veux me rendre un service, Théo ?

– Tout ce que tu voudras.

– Rentre chez toi et ne reviens que quand j'aurai réglé cette affaire.

– Benjamin, je me sens bien avec vous. Hervé a été muté à Tokyo et je n'ai pas les moyens de passer mes soirées au téléphone.

– On se cotisera.

Suite de quoi je me suis occupé de Jérémy qui ne voyait en moi qu'une autorité obtuse opposée à un mariage d'amour, « comme les vieux cons dans Molière », précisa-t-il.

– Jérémy, rappelle-moi quand je t'ai foutu ta dernière raclée.

Pendant qu'il fouillait sa mémoire, je me suis fait explicite :

– Interviens une fois encore dans cette affaire et je t'en file une qui te laissera sur le carreau. C'est clair ? Ah ! tant que j'y suis, arrête de faire le con avec l'affiche de Martin Lejoli, ou les gros bras qui la recollent toutes les nuits t'achèveront à coups de talons.

Théo et Jérémy expédiés, j'ai consulté les amis un par un, comme un vrai chef de parti en période de ravalement. Ça n'a rien donné. Même le vieux Semelle ne voyait pas comment empêcher la chose.

– On ne peut rien contre le mariage, Benjamin. Prends ma femme et moi, par exemple. Nos familles étaient contre. Elles n'avaient pas tort, je l'ai battue toute sa vie et elle a bu mon fonds de commerce. Quand sa cirrhose m'a laissé veuf, j'avais même pas de quoi payer ses funérailles, tu te souviens ? Si vous n'aviez pas été là, c'était la fosse commune. Eh bien je la regrette... Enfin, c'est pas tellement elle que je regrette, corrigea-t-il, c'est le mariage.

Julie, qui s'était offert un tour du monde de l'amour avant de me rencontrer, ne pouvait qu'être de bon conseil. Je lui ai demandé ce qu'elle pensait sincèrement de Marie-Colbert. Son opinion de femme. Elle a répondu :

– Capote.

– Pardon ?

– Il a un teint d'hygiéniste et des doigts de gynécologue. Il baise avec une capote anglaise. Sida ou pas, je veux dire. Ce genre de type a toujours baisé coiffé.

– Je croyais que les vrais politiques étaient priapiques, des queutards de compétition.

– Ça n'en fait pas nécessairement de bons amants et toujours des maris dégueulasses.

– Julie, comment je peux empêcher ça ?

– A priori, tu ne peux pas.

– Et a posteriori ? Après examen complet du bonhomme ?

L'idée m'est venue en posant la question. Il fallait enquêter sur Marie-Colbert de Roberval. Je voulais tout savoir de ce type, sa carrière, sa famille, sa généalogie, son cerveau reptilien, tout.

– Si Thérèse va au casse-pipe, que ce soit en pleine connaissance de cause !

Julie eut beau me faire valoir qu'en amour la connaissance est une pierre à aiguiser les passions, qu'elle-même m'aurait aimé si on lui avait présenté mon dossier, son œil d'enquêtrice s'était allumé et Marie-Colbert pouvait s'attendre à un fameux scanner.

– N'oublie pas la mort de son frère, Julie. Le suicide est souvent transitif en politique. Je veux savoir si Charles-Henri s'est passé la corde de son plein gré ou si on l'a suspendu.

Avec Hadouch, Mo le Mossi et Simon le Kabyle, j'ai attaqué sur un autre front. Je voulais vérifier l'affaire du domestique cantonais. Était-il vrai que Thérèse eût ramené une Cantonaise de Belleville dans le lit de son mari ? Et que ledit mari ancillarisait chez un ancien ministre ? Et que ledit ministre copinait avec Marie-Colbert ? Était-il vrai au bout du compte que Marie-Colbert avait consulté Thérèse dans sa caravane tchèque ? Si tel était le cas, combien de politiques venaient se faire tirer le Yi-king par ma sœur ? Depuis quand ? Jusqu'où Thérèse s'était-elle engagée sur ce terrain ? Et comment la payaient ces gens-là ?

Hadouch, Mo et Simon enregistrèrent le tout sans prendre de notes. Ils m'écoutaient en se partageant mentalement le boulot. Au moment de lever la séance, Hadouch a juste observé :

– Ma parole, Ben, tu vires mafieux ! On dirait un Corleone de cinoche.

– C'est la faute aux Arabes. À force de me dire que je suis votre frère, vous m'avez donné le sens de la famille.

*

Je ne perdais pas le contact avec Thérèse pour autant. Elle ne me fuyait pas et nous avions de longues conversations sur l'amour, ses poutres apparentes et ses dépendances.

– Tu l'aimes, tu l'aimes, comment *sais-tu* que tu l'aimes, Thérèse ?

– Parce que je ne peux pas lire en lui. Je ne vois pas au travers. Je ne vois que lui.

– Le voile d'amour ?

– L'attirance et la confiance, oui.

– Une confiance fondée sur quoi, bon Dieu ?

– Sur l'attirance.

Il lui arrivait même de prendre un air mutin.

– Rappelle-toi comment tu as rencontré Julie, Ben... Une voleuse de pulls. (Du temps où je travaillais au Magasin avec Théo, c'était vrai.) Toi qui nous as toujours interdit la fauche... Ta confiance était fondée sur quoi, tu peux me le dire ? Sur ses mensurations, mon petit frère. Moi non plus je n'en voulais pas de cette belle-sœur, à l'époque, tu te souviens ?

Je m'en souvenais très bien. « Comment pouvez-vous dormir à plat ventre avec de si gros seins ? » Les premiers mots de Thérèse à Julie en guise de bienvenue.

– Je m'étais trompée, Benjamin, comme tu es en train de te tromper à propos de Marie-Colbert.

(Marie-Colbert... je ne m'y ferais jamais.)

Conversations d'après-dîner. Thérèse et moi descendions le boulevard de Belleville, nous passions devant le Zèbre, mis en vente depuis tout ce temps mais pas encore vendu, sacré on aurait dit, mais qui finirait par être bradé parce qu'il n'y a rien de sacré justement, pas même cette carcasse de cinéma ou cette grande gigue tout en os qui marche à côté de moi, que les passants saluent comme une apparition familière et qu'un salopard à particule est en train de manipuler en vue de je ne sais quel noir dessein...

– Attention, Benjamin, je sais à quoi tu penses...

Petit rire :

– N'oublie pas que je suis encore vierge.

Puis nous repiquions par la rue de l'Orillon où Jérémy, le Petit et leurs copains jouaient au basket dans un enclos de ferraille qui préfigurait notre Bronx ; d'autres fois nous remontions la rue Ramponneau où le nouveau Belleville, mort-né dans son architecture autiste, fait face à Belleville l'ancien, grouillant de sa vie gueularde, des mamas juives saluant Thérèse, leur cul somptueux débordant de leurs chaises, la remerciant de ce que grâce à elle « *ça* » s'était arrangé, nous invitant à partager leur thé ou à emporter des pignons et de la menthe pour le faire à la maison : « Allez, ma fille, dis pas non, sur la vie de ma mère c'est un cadeau de mon cœur ! », ou nous grimpions la rue de Belleville jusqu'au métro Pyrénées, longue traversée de la Chine, et là encore reconnaissance éternelle à Thérèse, beignets de crevettes, bouteilles de nuoc-mâm, « *Yao buyao fan*, Thérèse ? (Tu veux du riz, Thérèse ?) tsi ! tsi !, emborte, tsa me fait blaidsir ! », et galettes turques chez les Turcs et la bouteille de raki en prime, nous nous promenions avec un grand cabas, Thérèse ne refusait rien, c'était sa façon de se laisser payer par le quartier, un curé à l'ancienne nourri à la volaille de l'absolution...

– Je vais tous les inviter, m'annonça-t-elle un soir.

– Les inviter ?

– À mon mariage. Tous mes clients. Ça fera plaisir à Marie-Colbert.

– Tu crois ?

– J'en suis certaine.

Le Tout-Belleville envahissant Saint-Philippe-du-Roule pour y remplacer la famille Malaussène tricarde, personnellement je ne demandais pas mieux, mais Marie-Colbert...

– Tu te trompes, Benjamin, je sais sur Marie-Colbert quelques petites choses que tu ignores...

Par exemple, qu'il avait l'esprit assez large pour recruter leurs enfants d'honneur parmi les putassons de Gervaise.

– Quoi ?

– Eh oui, Benjamin. Il m'a accompagnée aux *Fruits de la passion,* et c'est lui-même qui a demandé à Gervaise de choisir nos enfants d'honneur. L'enfance malheureuse le préoccupe beaucoup. Demande à Clara.

Cela dit en fourrant dans le cabas la presse du soir que notre ami Azzouz nous donnait au passage, rue des Pyrénées, avant de tirer le rideau de sa librairie.

À propos des clients invités à son mariage, Thérèse me dit encore :

– Je leur dois bien ça, puisque je ne leur servirai plus à rien après ma nuit de noces.

Juste. J'avais oublié ce détail. Perte du don de voyance par défloration. Était-il possible que Thérèse crût à de pareilles conneries ? Ça me prenait par bouffées. Je cherchais en vain ce qui, dans l'éducation que je lui avais donnée, avait pu la propulser à ce point dans les étoiles, et à quel âge ça l'avait prise, et pourquoi... Mais le genre d'évi-

dences qu'elle mettait dans ses réponses m'ache-
vait.

– Comment ça m'est venu ? Avec mes règles,
bien sûr !

Quand, un peu amer, je lui faisais observer que
ses prétendus dons de voyance ne nous avaient
jamais évité le moindre ennui, elle m'opposait son
fameux voile d'amour : « L'amour rend aveugle,
Benjamin, l'amour *doit* rendre aveugle ! Il a sa
lumière propre. Éblouissante. »

En somme, deviner pour la famille, pour les
amis ou pour soi-même relevait du délit d'initié.

– C'est un peu ça, oui.

*

C'est là que je l'ai trahie. Au cours de cette
conversation. Je n'en suis pas plus fier que ça
aujourd'hui, mais je n'avais pas le choix. Mon rai-
sonnement était simple. Puisque Thérèse ne pouvait prédire son propre avenir ni celui de MC2,
j'allais lui envoyer quelqu'un d'autre, une femme,
une parfaite inconnue, mais avec ses coordonnées
astrales à elle, Thérèse : heure, date et lieu de naissance, et celles du Roberval. L'inconnue lui pré-
senterait le tout comme des données objectives,
concernant son mariage à elle, et Thérèse devine-
rait son propre avenir en croyant lire celui d'un
autre couple. Puisqu'elle y croyait, elle pourrait
juger sur pièces.

– Tu as conscience que c'est parfaitement dégueulasse ? me fit observer Hadouch.

– Trouve-moi une fille qui puisse faire ça et laisse-moi me démerder avec ma conscience.

(C'était pourtant vrai que je virais mafieux. Un miniparrain de merde.)

– C'est tout trouvé. Rachida, la fille de Kader, le taxi. Elle vient de se faire plaquer par un flic qui lui en a fait voir de toutes les couleurs. Un flic cambrioleur, figure-toi. Quoique documentaliste, elle s'était pas assez renseignée sur le prétendant. Elle aurait eu besoin qu'on lui tire les cartes avant son mariage. Elle fera ça pour Thérèse.

6

Ce fut Julie qui se présenta la première au rapport.

– Par où veux-tu que je commence, Benjamin, par le Marie-Colbert d'aujourd'hui ou par ses aïeux ? On descend le cours de l'Histoire ou on le remonte ?

– La chronologie, Julie. La bonne vieille généalogie. Du début jusqu'à la minute présente.

Et Julie y alla de son exposé, que je livre ici dans sa déprimante sécheresse historique :

– Une chose d'abord : Marie-Colbert est un prénom hérité, qui se transmet de génération en génération. Tu vas voir, on commence bille en tête par de la haute politique. Le premier Marie-Colbert est né sous Louis XIV, aux alentours de 1660, fruit des œuvres d'un comte de Roberval avec la nièce de Colbert. Ce Roberval n'a pas été pour rien dans la victoire de Colbert sur Fouquet. Il a si bien savonné la planche du surintendant – il siégeait à son procès truqué – que Fouquet y a glissé jusque dans la prison d'État de Pignerol où il est mort mystérieusement, comme tu sais.

– Suicide transitif ?

– Sans doute. Résultat, le comte de Roberval a hérité d'une partie des biens de Fouquet et a prénommé son fils Marie-Colbert en hommage au patron. Fin du premier acte ou *de l'origine d'une fortune bâtie sur le silence*. Acte II, une cinquantaine d'années plus tard, le petit Marie-Colbert devenu grand se retrouve directeur de la Compagnie d'Occident, l'instrument principal de la banqueroute de Law. Mais il avait eu la prudence d'épouser une fille Pâris (les Pâris furent les tombeurs de Law sur dénonciation de Marie-Colbert) et il récupéra, en guise de récompense, la rue Quincampoix tout entière – où Marie-Colbert habite encore, en leur hôtel particulier du numéro 60. À l'acte III, tu trouves un Marie-Colbert dans chaque régime. Talleyrand à lui seul en a usé trois (ils mouraient jeunes mais se reproduisaient vite) : un pour faire voter la confiscation des biens de l'Église et s'en mettre une partie dans la poche au nom de la nation, le deuxième pour gérer le butin européen amassé par Napoléon pendant ses campagnes (il dirigeait un ministère occulte pour ça) et le troisième pour trahir la Restauration au profit des orléanistes en 1830, moyennant finances. Fin de l'acte III, la fortune n'est plus chiffrable. Acte IV, 1887, Troisième République, le canal de Panamá : soudoyé par le banquier Reinach, un Marie-Colbert se montre très actif à la Chambre pour y faire voter un emprunt qui lessivera 800 000 souscripteurs à son large profit. L'enquête n'inquiéta pas Marie-Colbert mais aboutit à la condamnation du ministre Baïhaut sur dénonciation et au décès du banquier Reinach.

– Suicidé ?

– L'histoire dit qu'on l'a retrouvé mort à son domicile. Mais écoute un peu les deux autres scènes du même acte. Premièrement, la présence d'un Marie-Colbert dans le scandale Stavisky, fin 1933, et deuxièmement, dix ans plus tard, le même Marie-Colbert commissaire aux questions juives, confiscation des biens !, le grand-père du nôtre. À noter que dans l'affaire Stavisky (bons émis par le Crédit municipal de Bayonne pour plusieurs dizaines de millions, sur gage de bijoux volés), le Marie-Colbert de service se trouvait être le gendre du bijoutier Hamelster, cambriolé jusqu'à sa dernière émeraude et qui s'est pendu.

– Beaucoup de pendus et beaucoup de dénonciations...

– Ne me dis pas que les comtes de Roberval sont des balances, mon amour, c'est un mauvais mot que je ne te passerai pas.

– Une dynastie de truands, en tout cas.

– Ou une longue tradition de la finance, c'est selon.

– Et le nôtre ? Enfin, celui de Thérèse...

– C'est là que je vais te décevoir, Benjamin.

Le fait est que ce qu'elle m'annonça aurait dû me réjouir. Mais va savoir pourquoi, j'en éprouvai comme un vilain désenchantement.

– Notre Marie-Colbert à nous est la gigantesque exception qui infirme la règle. Que dis-je qui l'infirme, qui l'annule ! qui l'anéantit ! Notre Marie-Colbert est un saint. De son brevet de secouriste obtenu à douze ans jusqu'aux actions humanitaires qu'il mène sur tous les champs de bataille, les embargos ou les catastrophes naturelles de cette fin de siècle, il se montre d'autant plus irréprochable qu'il est, contrairement à d'autres bienfaiteurs, d'une discrétion exemplaire et d'une efficacité soutenue.

– Et le frère pendu ?

– Dépression. J'ai retrouvé le toubib qui le soignait. Sa femme venait de le plaquer. C'était un amoureux, Benjamin, comme toi.

– Et Marie-Colbert, un saint authentique.

– La compassion faite homme.

*

Les conclusions de Hadouch allaient dans le même sens.

– Tu te plantes sur toute la ligne, Ben. Simon a retrouvé le couple de Cantonais. Pas de doute, Thérèse leur a fait boire le philtre d'amour. Le ministre, patron du loufiat, n'a pas consulté ta frangine, mais il lui a bel et bien envoyé Marie-Colbert que la mort de son frère avait rendu dingue. Il y a plus d'un an de ça maintenant et, que je sache, aucun politique, ni de l'ancien, ni du nouveau, ni du futur régime, n'est venu trouver Thérèse depuis. Pour ce qui est de ses émoluments, Thérèse se laisse payer comme d'habitude, en bouffe, en coupons de tissu, en babioles, mais le plus souvent elle refuse, sous prétexte qu'elle n'est pas là pour gagner du fric mais pour en rapporter à ceux qui en ont besoin. Elle affirme que la bonté seule « régénère le don » (fais pas cette tête, Ben, ce sont ses mots à elle) et que ceux qui se font trop payer sont forcément des charlatans puisque la cupidité rend aveugle. Pourtant sa science est réputée universelle et, passe-moi l'expression s'agissant d'une de tes sœurs, elle pourrait se faire des couilles en or si elle exploitait vraiment ce filon. Elle pratique toutes les formes de divination, de la voyance directe à l'œnomancie, en passant par la rhabdomancie, le tarot, la boule de cristal, la chiromancie, l'imposition des mains, le Yi-king, le marc de café, la lecture du sable, des coquillages, des runes, je t'en passe et des meilleures, il y en a pour toutes les ethnies de Belleville... Mais c'est pas tout... accroche-toi bien...

Nous étions attablés chez Amar. À côté de nous le vieux Semelle s'envoyait son couscous merguez quotidien.

– Pourquoi ne veux-tu pas croire à ce genre de choses, Benjamin ? demanda-t-il pendant que Hadouch reprenait son souffle. Je la consulte, moi, Thérèse, toutes les semaines ! Et ça m'a toujours réussi !

J'ai eu une mauvaise pensée contre Semelle, son couscous merguez, son costard-serpillière, ses godasses trouées... Je me suis demandé à quoi il

ressemblerait si Thérèse le ratait. Plus généralement, je me suis demandé où allait ce foutu siècle,
et si Thérèse avait décidé de dynamiter les derniers
contreforts d'un univers qui ne demandait qu'à
basculer dans l'irrationnel. Semelle m'offrit un
reste de sourire :

– Elle veut que je sois témoin à son mariage, tu
le savais ?

J'allais le féliciter, quand il ajouta, radieux :

– Comme ça, je passerai à la télé !

– La télé ?

– Thérèse t'a pas dit ? On va filmer le mariage. Il
y aura une émission le lendemain dimanche. On va
tous passer à la télé. Moi, ses clients, tous les
invités !

– Quoi ?

Le visage de Semelle s'était rapproché, une
lueur d'archange dans les yeux :

– C'est pour aider les pauvres, Benjamin, et les
enfants de putes de Gervaise, là-haut, aux *Fruits de
la passion*.

À en juger par le rire de Hadouch, ma gueule
devait valoir le détour :

– Eh oui, mon frère, la grande noce caritative.
Le genre de projet qui passionne les caméras par
temps de chômage. La tribu Malaussène n'est pas
invitée mais on pourra voir le mariage de Thérèse à
la télé le lendemain, dimanche soir, en famille.

Je me suis senti virer au gris. Hadouch a posé sa
main sur mon bras.

– Ne t'évanouis pas tout de suite, tu ne connais
pas la meilleure.

– ...

– La meilleure, mon frère, c'est que depuis que Thérèse a rencontré le Marie-Colbert, sa petite caravane est devenue une plaque tournante de l'humanitaire.

Et Hadouch de m'expliquer qu'outre ses prédictions Thérèse offrait à de mystérieux émissaires envoyés par Marie-Colbert des tonnes de médicaments, des infirmeries clé en main, des stocks de livres scolaires, bref que Marie-Colbert et elle soignaient, habillaient, nourrissaient, instruisaient toute une humanité que des tyrans locaux et des embargos à bonne conscience anéantissaient un peu partout. La chose se faisait clandestinement, pour ménager la susceptibilité des gouvernements concernés, mais elle se faisait à grande échelle. C'était la méthode Marie-Colbert.

– ...

– ...

Voilà. Honte sur ma tête ! Marie-Colbert, veuillez m'excuser, et Thérèse, ô ma Thérèse, me pardonner. Alléluia, allez en paix, que Dieu vous bénisse et que je me mange la langue. Ça me fait bien chier, mais je ne m'oppose plus à votre union.

*

Quand Rachida Kader, la documentaliste, est venue me retrouver aux Deux Rives, le couscous d'Areski, rue des Pyrénées, j'avais rendu les armes.

La tête qu'elle faisait et ses premiers mots me confirmèrent dans ma défaite.

– Bon, je suis allée trouver votre sœur, mais je vous préviens tout de suite, ce que je vais vous annoncer ne va pas vous faire plaisir, monsieur Malaussène.

J'ai levé une main fataliste.

– Appelez-moi Benjamin et tutoyons-nous, s'il te plaît, ça fera passer la pilule.

Areski nous avait placés au fond de la salle, à la table ronde. Nous murmurions en toute clandestinité.

– D'accord, Benjamin. Mais je ne voudrais pas qu'il y ait de malentendu. Je ne crois pas en cette saloperie d'astrologie.

C'était une fille ardente, splendide. Avant d'attaquer le vif du sujet, elle précisa sa position :

– J'estime Thérèse pour le bien qu'elle fait, mais je suis déléguée du personnel dans une boîte où je me bagarre contre l'embauche par numérologie, thèmes astraux, graphologie et autre psychomorphologie...

Rachida ressemblait aux portraits de femmes berbères dont Areski orne les murs de son restaurant : droites, pas colonisables. D'entrée de jeu, elle piqua une rogne lucide :

– Toute gosse déjà, je détestais *Le Petit Prince* de Saint-Exupéry. Aujourd'hui, je le confirme, cette fable est un mensonge : les financiers ne comptent pas les étoiles ! Et quand ils les consultent, c'est pour embaucher le neveu taré de leur bonne femme à la place d'un candidat qualifié. Tu veux que je te dise, Malaussène ? La divination sous toutes ses formes, c'est l'excuse du népotisme d'entreprise. On devrait décapiter les chasseurs de têtes et conseiller aux postulants de s'inventer des thèmes astraux de surdoués increvables. C'est ça qu'elle devrait faire, ta sœur Thérèse ! Il faut dynamiter la connerie de l'intérieur.

Rachida me plaisait, Julie, je te le dis tout net, ce splendide incendie me plaisait. Elle était julienne en diable. Une magnifique emmerdeuse. Tout à fait toi à tes débuts. Quand Areski est passé prendre la commande, nous nous sommes offert deux makfouls et une bouteille de gris. J'ai tout de même demandé :

– Mais dis-moi, Rachida, vu ton opinion sur l'astrologie, pourquoi as-tu accepté de me rendre ce service ?

– Pour deux raisons. La première, c'est que Hadouch me l'a demandé et que Hadouch ne me laisse pas indifférente. La deuxième, c'est que Thérèse y croit, alors je me suis dit que, si on pouvait lui éviter le mariage que je viens de me farcir, il n'y avait pas à hésiter.

– Résultat des courses ?

Elle m'a regardé, a ouvert la bouche, s'est ravisée et m'a tendu une enveloppe.

– À toi de voir, Thérèse m'a résumé tout ça par écrit.

IV

*Où l'on voit qu'en amour
même les étoiles
trichent*

7

On ne veut pas ce qu'on veut, voilà toute l'histoire. J'aurais dû sauter de joie en lisant le décret des astres que Thérèse avait confié à Rachida. Eh bien, non, la tristesse m'est tombée dessus dès les premières lignes :

« *Le mariage avec Jupiter en transit dans la Maison VII indique un conjoint dissimulateur et destructeur* », écrivait Thérèse avec cette calligraphie de sismographe qui devenait la sienne dès que les planètes lui dictaient sa copie. « *L'amas Pluton-Uranus annonce un veuvage précoce...* » Dieu de Dieu, « veuvage précoce... », noir sur blanc, là, sous mes yeux... mort de Marie-Colbert, comme naguère le Clarence de Clara...

Et, ainsi de suite, tout au long d'une page où, sans le savoir, Thérèse prenait acte des catastrophes que lui promettait le ciel. Évidemment, pour couronner le tout : « *Un aspect harmonieux en Maison V indique par ailleurs la possibilité d'une naissance...* » Tu parles... sachant que dans la tribu Malaussène les « possibilités de naissance » sont beaucoup plus que des certitudes, nous pouvions commencer à stocker les couches et à stériliser les biberons. Mais quel style tout de même, ces étoiles... Quelle administration, les cieux ! « *Mercure en Maison IX promet un court voyage à l'étranger... Le rapport à la Maison II suggère un pays riche en banques.* » Et quelles préoccupations ! « Un pays riche en banques » ; le cul, le fric et le cul... ô pureté de la voûte céleste !...

J'aurais dû sauter de joie, donc, en lisant ça. Thérèse était sauvée. Il y avait dans cette sentence astrale de quoi dessiller le cœur le plus ébloui. On allait économiser un trousseau de mariage et le papier timbré du divorce. Thérèse, tu ne vas tout de même pas épouser un mec chez qui « *Jupiter dissone avec Pluton* » ! Allons, Thérèse ! D'autant plus que ce même type a trouvé le moyen de loger « *Mars et Uranus en Maison VIII* », ce qui lui garantit « *une mort subite et violente* » ! Thérèse, tu vois bien...

Mais ça ne m'amusait pas vraiment. Que je ne croie pas à ces salades étoilées ne changeait rien au fait que Thérèse s'en nourrissait, elle. L'empathie jouant à pleins tuyaux, le frère se noyait dans les larmes prévisibles de la sœur. Sans parler de ce sentiment de trahison. Cette indiscrétion que Thérèse ne me pardonnerait jamais... ce viol cosmique... cet inceste sidéral... Ô Thérèse, pardonne-moi le bien que je vais te faire !

Comme il s'agissait d'une question professionnelle, je n'ai pas voulu aborder Thérèse à la maison ; l'enveloppe fatale sur mon cœur, je suis allé attendre mon tour dans la queue, devant la caravane tchèque. Bien sûr, il s'est mis à pleuvoir. Le Tout-Belleville pataugeait là, dans la curiosité de son avenir. À notre gauche le Père-Lachaise, lui, savait ce qui nous attendait, et de l'autre côté du boulevard la vitrine des pompes funèbres Letrou (allez-y voir vous-même si vous ne me croyez pas) exposait déjà nos couvercles de marbre. On ne peut pas reprocher aux croque-morts de monter boutique en face des cimetières, c'est le côté obscène de toute allégorie. Les marchands de layette sous les maternités, les bureaux de l'ANPE à la sortie des lycées, la permanence de Martin Lejoli à côté de l'ANPE, la caserne pas loin et les pompes funèbres Letrou en face du Père-Lachaise... l'ordre des choses.

Et si je laissais tomber ? Supposons que j'évite ce mariage à Thérèse... lui éviterais-je le reste ? Tout le reste ? Ce fatal enchaînement...

– Ça ne va pas, Benjamin ?

J'ai sursauté.

– Ça ne va pas ? Tu consultes Thérèse, toi aussi ?

Le vieux Semelle venait de poser sa main sur mon bras.

– Tu sais ce qu'elle vient de me dire, à moi ?

Il sortait juste de la caravane.

– Elle m'a dit qu'après sa nuit de noces elle ne pourrait plus lire l'avenir.

Il regardait une flaque, à ses pieds.

– Ça ne fait pas mon affaire.

Ses chaussures n'avaient plus l'âge de jouer avec cette flaque. De sa tête trempée, il a désigné la longue file d'attente.

– Et ça doit faire l'affaire de personne dans tout ce monde-là...

«Tout ce monde-là» dégoulinait sur place.

J'ai refoulé un ricanement, mais je n'ai pas pu m'empêcher de lâcher :

– Vous allez tous passer à la télé, Semelle, ça console.

*

C'était une caravane œcuménique. Des crucifix de toute géométrie, des mains de Fatma de toutes les couleurs, en passant par les constellations fluorescentes collées au plafond et la ménagerie zodiacale brodée sur les rideaux, il y en avait pour tous les désespoirs.

– Thérèse, j'ai fait quelque chose de...

Confession chuchotée dans une pénombre d'entre deux mondes que rougissait la flamme d'une bougie, sous une statuette de Yemanja. La bougie ne s'éteignait jamais. Au plus noir de la nuit Yemanja veillait sur Belleville.

– Thérèse, j'ai fait quelque chose que tu vas trouver dégueulasse.

Et j'ai posé l'enveloppe devant elle. Je lui ai expliqué l'arnaque sans reprendre mon souffle. J'ai précisé plusieurs fois que Rachida n'y était pour rien, que c'était moi qui avais monté le coup, pour son bien à elle, Thérèse, parce que elle-même n'avait pas fait crédit à mon instinct fraternel, d'où mon recours aux astres pour qu'elle puisse en juger objectivement... désolé.. mais voilà... voilà, quoi.

La Thérèse qui m'écoutait, de l'autre côté d'un guéridon pourpre, ne s'était pas fait une tête de bonne aventure. Ni bagouses, ni voile, ni turban, rien d'évanescent ; c'était notre Thérèse à nous, les joues un peu plus creusées par la pénombre, peut-être, mais la même, les mêmes angles, la même voix électrique.

– Non, Benjamin, je ne t'en veux pas. Je ne peux que te remercier, au contraire. Tu as fait ton devoir de frère.

La même éloquence administrative. Elle regardait l'enveloppe posée sur le cachemire du guéridon. Elle ne la toucha pas. Elle changea de sujet :

– Te rappelles-tu qui m'a donné cette Yemanja ?

Elle s'était tournée vers la statuette. Non, je ne me le rappelais pas.

– Un travesti brésilien...

Ah oui ! c'était un travelo brésilien, camarade de jeu de Théo. La grande époque du bois de Boulogne.

– Exactement. Et te rappelles-tu ce que ce travesti m'a dit, quand il m'a vue pour la première fois ?

– Non, pas vraiment, non.

– Il a dit, en portugais : « *Essa mossa chorava na barriga da mãe.* » Il disait que je pleurais déjà dans le ventre de maman. C'est le tout premier signe de la voyance, Benjamin.

Puis, revenant au sujet de notre conversation :

– Rachida t'a-t-elle expliqué comment j'ai dressé ce double thème astral ?

– Avec les données que je lui ai fournies, non ?

– Je te parle *technique*, Benjamin. T'a-t-elle dit quelle *technique* j'ai utilisée ? *Comment* je m'y suis prise ?

Non, Rachida s'en était tenue au résultat.

– J'ai procédé par imposition des mains. Je n'ai pas ouvert l'enveloppe. Je l'ai laissée sur le guéridon, comme maintenant, et j'ai posé mes deux mains sur elle. Une enveloppe déposée là par une femme de douleur. Du papier tout imprégné des tourments de Rachida. Si l'enveloppe avait été vide, mes conclusions auraient été les mêmes. Rachida n'était que souffrance ; fureur et souffrance. Ce n'est pas l'avenir de mon couple que j'ai lu en posant mes mains sur cette enveloppe chargée de souffrance, c'est le passé du sien.

(Quoi ? Pardon ? Qu'est-ce que tu dis ? Ai-je bien entendu ? Répète un peu pour voir...)

Thérèse n'a pas répété, elle a développé. Le mari flic de Rachida avait effectivement été un conjoint « destructeur » et ô combien « dissimulateur » ! Du charme, certes, une juvénilité qui faisait illusion, d'accord, mais un « tempérament brutal et sans scrupule », qui lui en avait fait voir de toutes les couleurs et qui finirait sans aucun doute dans un fait divers.

– Mais... le voyage à l'étranger..., dis-je. Le pays riche en banques...

– C'est le plus drôle de l'histoire, Benjamin. Éric – le policier en question s'appelait Éric – a emmené

74

Rachida à Monaco. Il avait la passion du jeu. Une nuit, après avoir beaucoup perdu, il s'est mis en tête de cambrioler l'appartement d'une vieille joueuse absente pour le week-end. L'appartement avait un système de sécurité particulier ; des portes autobloquantes et des volets d'acier se sont refermés sur Éric jusqu'à l'arrivée de la police monégasque.

J'ai abattu ma dernière carte, sans aucune illusion :

– Et la prédiction de grossesse ?

– Rachida est déjà enceinte. Soit elle fera sauter le gosse, soit Hadouch l'adoptera. Je parierais plutôt pour la deuxième solution.

– Hadouch et Rachida ?

– Oui, et j'ai l'impression que ça se passera mieux avec le bandit qu'avec le policier. Une morale qui devrait te plaire, mon petit frère.

Thérèse regarda l'enveloppe, sur le guéridon, et avec un brusque sourire :

– Alors l'enveloppe de Rachida contenait ma date de naissance et celle de Marie-Colbert ? Eh bien, tu vois, Benjamin, ça, je ne l'aurais jamais deviné !

8

La nuit suivante, le copronuage qui me suivait depuis l'entrevue du Crillon explosa dans une gerbe aveuglante. Je me suis réveillé en hurlant. Julie a allumé aussi sec. Mais il ne pouvait pas faire plus clair que dans ma tête.

– Je sais ce qui va se passer, Julie.

Et je lui ai dit ce qui allait se passer :

– Thérèse va épouser ce Marie-Colbert de Roberval, un saint authentique, comme le Clarence de Clara, et Marie-Colbert va se faire flinguer, comme le Clarence de Clara. On va m'accuser du meurtre et me foutre au trou. Cette fois-ci, je vais morfler vraiment. Je vais avoir toute la classe politique sur le dos et c'est pas un Coudrier à la retraite qui m'en sortira. Neuf mois plus tard la tribu Malaussène héritera un nouveau pensionnaire qui sortira des cuisses de Thérèse pendant que je serai en taule. Voilà ce qui va se passer.

– Rien que d'habituel, en somme.

C'est tout ce que Julie a trouvé à répondre avant d'éteindre et de se rendormir.

Je ne me suis pas rendormi, moi. Je me suis levé et me suis mis à gamberger, debout à la fenêtre. « Rien que d'habituel »... il y avait une atroce vérité dans ce soupir d'humour. Ce n'est pas seulement que l'histoire de notre tribu soit régie par le mécanisme lassant de la fatalité, c'est que l'Histoire tout court, la grande, se répète bel et bien, quoi qu'on pense, dise, suppute, analyse, conclue, prévoie, décide, vote, fasse ou commémore, l'Histoire se répète en s'aggravant, comme en témoigne l'angélique et sale gueule de Martin Lejoli, placardée sur le mur d'en face, dans le biais de la pluie, l'orangé du réverbère, et la certitude de sa victoire finale. Or, or, or, or... disaient les battements de mon cœur... à force de répétition l'humanité va y avoir droit pour de bon, un jour que je sens proche. Et moi aussi.

Oui, proche était le jour où je finirais mes jours en taule.

Quelque chose me disait que c'était pour cette fois.

Autant m'y préparer tout de suite.

*

Le lendemain au petit déjeuner, personne n'a osé me demander à quoi je pensais. J'ai à peine trempé mes lèvres dans le café et j'ai quitté la quincaillerie sans un mot. Je me suis rendu aux Éditions du Talion, où j'ai partagé l'ascenseur avec la reine Zabo.

– Je croyais vous avoir viré, Malaussène.

– Exact, Majesté, et vous avez bien fait. C'est juste pour une consultation.

– Dans ce cas...

Elle m'a introduit dans son bureau. J'ai demandé du café et la présence de mon ami Loussa de Casamance.

– Si je vous ai bien suivi, résuma la reine Zabo quand j'eus fini de parler, vous allez écoper d'une condamnation longue durée pour le meurtre d'un éphémère beau-frère, conseiller référendaire à la Cour des comptes, c'est bien ça ?

– De première classe, oui.

– Et comme d'habitude, il est inutile de perdre notre temps à te persuader que ce sont des conneries ? demanda Loussa.

– Alors, dites-nous ce que nous pouvons pour vous, mon garçon.

– Me recommander une bibliothèque inusable, Majesté. Des livres que je puisse relire à perpétuité.

C'était bien mon idée, consulter ces deux-là pour constituer la parfaite bibliothèque du taulard. Je dois dire qu'ils y ont mis du leur. Dans un premier temps, Loussa a cherché du côté de la littérature d'évasion – au sens propre –, il m'a conseillé de relire *Le comte de Monte-Cristo*, *Le caporal épinglé*, mais la reine Zabo a décrété que je n'étais pas homme à creuser des tunnels avec mes ongles et que l'évocation du grand air me flanquerait le bourdon.

– Non, Malaussène, quand on a un petit chez-soi, il ne faut pas chercher à l'agrandir. Il faut tirer parti de ses limites.

Son idée, assez convaincante, étant qu'un type confiné pour le reste de ses jours dans une cellule de trois mètres sur deux ne devait fréquenter qu'une littérature de l'enfermement.

– Les grands mystiques, par exemple ; Jean de la Croix, connaissez-vous Jean de la Croix, Malaussène ? *La montée du mont Carmel*, ça vous dit quelque chose ? La nuit des sens et de l'esprit, tout ça, non ?

– Ou dans un autre ordre d'idées, Erving Goffman, intervint Loussa. *Asiles* de Goffman, as-tu lu ? Un essai sur les asiles et autres lieux clos. Ça te sera très utile, petit con. Tu y trouveras de quoi décrypter le comportement de tout un chacun dans les univers carcéraux. Et si par hasard on te libère un jour, tu pourras te faire interner dans un hôpital psychiatrique ou t'engager sur un sous-marin nucléaire sans problème. *Ba mian ling long*, comme disent les Chinois, il faut savoir s'adapter à son entourage.

Je dois dire que je n'ai pas perdu ma matinée. La reine Zabo et Loussa de Casamance m'ont lesté de toute la littérature concentrationnaire disponible, de Robert Antelme et Primo Levi aux *Récits de la Kolima* de Chalamov, en passant par tout ce que les Chinois ont fait subir aux Chinois, et plus généralement l'homme à l'homme en ce siècle d'idées. « Et puis tu reliras *Le mur* de Sartre, m'avait conseillé Loussa. – *À rebours* de Huysmans », avait ajouté la reine Zabo, et, en un ping-pong débridé :

Le château, La montagne magique, La femme des sables, Robinson Crusoé, Le journal d'un fou, la *Paulina* de Jouve, oui, la double incarcération de Paulina !, *Le joueur d'échecs, La conscience de Zeno, Surveiller et punir,* une centaine de titres que j'ai aussitôt commandés à mon libraire Azzouz, en le priant de ne faire aucun commentaire.

– Ah ! et tu y ajouteras les *Carnets* de Cioran, avait conclu Loussa. Tu connais Cioran, tout de même ! Un Roumain qui trimballait sa prison avec lui. Tu verras, il dit des choses encourageantes sur l'inanité de l'évasion.

La reine Zabo n'était pas d'accord :

– Mais non, Cioran avait la clé de sa cellule dans la poche et n'osait pas sortir, c'est très différent !

*

Les semaines qui suivirent se déroulèrent dans la double préparation du mariage de Thérèse et de mon incarcération. En ce qui concernait Thérèse, chacun y allait de son conseil :

– Un seul truc à te rappeler pour pas avoir l'air d'une conne dans le beau monde, disait Jérémy : couteau à droite, fourchette à gauche.

– La fourchette pointes en bas, précisait Louna. Ce sont les Anglais qui la posent à l'envers.

L'ami Théo papillonnait :

– Pour ta robe de mariée, tu t'en remets entièrement à moi. Viens par ici que je te mesure, ma poupée.

– Théo, tu es un *amour*, s'exclamait Thérèse sur le ton frauduleusement excessif de son nouveau milieu.

– Je commence dès demain l'entraînement des enfants d'honneur, promettait Gervaise.

De mon côté, j'avais troqué le lit de Julie pour un matelas gonflable dans le dortoir des enfants. Comme j'allais me farcir quelques années d'une préventive surpeuplée, autant m'entraîner tout de suite à dormir dans les gémissements du Petit, les injures de Jérémy, les soubresauts électriques de Thérèse, les réveils intempestifs de Verdun et les effluves de Julius le Chien. Clara, C'Est Un Ange et Monsieur Malaussène ne posaient pas problème, ils pionçaient comme des souches... – Même dans les pires cellules, il doit bien y avoir deux ou trois inconscients pour dormir normalement.

Pendant que la table familiale profitait des cours de cuisine que Clara donnait à Thérèse – Thérèse s'était laissé dire que les petits plats entretiennent les grandes amours –, moi je bouffais des œufs durs en conserve sur une bouse d'épinards frangée d'eau saumâtre.

– Qu'est-ce que tu fais ? demandait le Petit, au bord du vomissement.

– Un régime.

– T'es malade ? demandait Jérémy.

– Je m'immunise.

– Tu quoi ?

En toute circonstance j'adoptais le laconisme agressif de ces taulards à tatouages que le Petit et

Jérémy aimaient trouver dans leur film américain du dimanche après-midi. Ils étaient contents que je les accompagne.

– Ça y est, tu t'intéresses enfin au cinoche, Ben ?
– *Fuck you !*

Ni les uns ni les autres ne comprenaient ce que je faisais au juste. Je m'entraînais secrètement. Anticiper le malheur sans faire partager les affres de l'anticipation, là est le véritable héroïsme. Et puis, si je leur avais annoncé qu'on allait m'embastiller, ils s'en seraient probablement foutus. Chacun avait son obsession : Thérèse l'obsession de son mariage, les autres l'obsession du mariage de Thérèse, et Julie l'obsession du bouquin qu'elle avait décidé d'écrire sur l'extravagante dynastie des Marie-Colbert.

– J'en ai trouvé un autre en 54, Benjamin, fin de la guerre d'Indochine, le père du marié, mouillé jusqu'au cou dans le scandale des piastres.

Pendant que Thérèse était de plus en plus fière de son Marie-Colbert à elle :

– Marie-Colbert a eu une idée merveilleuse ! Au lieu d'ouvrir une liste de mariage au Printemps ou à la Samaritaine, qui sont hors de prix, il l'a ouverte chez Tati !

(« Une idée merveilleuse »...)

– Et comme nos invités n'ont vraiment pas les moyens, il a tout acheté lui-même ! Ils n'auront qu'à choisir le cadeau qu'ils nous feront, sans débourser un sou. Ce n'est pas merveilleux ?

Cette nuit-là j'ai eu envie de m'enchaîner à la cave.

*

Et Julie a craqué. Le jour où je lui ai demandé sans rire de broder mes initiales sur mon trousseau de prisonnier, elle a craqué.

– Ah non, Malaussène ! Ne me dis pas que tu t'entraînes *vraiment* à la taule ! (Elle ne m'appelle Malaussène et n'utilise les italiques qu'en dernière extrémité.) Je croyais que tu faisais semblant, moi ! Non, tu ne joues pas ? C'est pour de bon ? Tu es aussi con que tu en as l'air, alors ? Fous-moi le camp tout de suite, dans ce cas ! Va t'entraîner ailleurs ! Va buter ce Roberval, tant que tu y es ! Qu'une fois dans ta vie on te juge pour ce que tu as fait !

Elle était absolument hors d'elle. J'ai vu le moment où elle allait casser du matériel.

– Mais qu'est-ce que je fous avec ce curé à la sauce laïcarde, conne que je suis ! Avec ce maniaque de la compassion, ce mégalo de l'empathie, maso jusqu'au sang, bon qu'à se tresser des couronnes d'épines et à prendre des mines de saint suaire dès que la réalité ne correspond pas à ses idéaux rose bonbon !

Elle a ouvert une valise.

– Tu vas en taule, Malaussène ? Tu veux que je te prépare ta petite valoche ?

Elle s'est mise à y jeter tout ce qui lui tombait sous la main – y compris un cendrier plein.

– On va appeler un taxi, qu'il te conduise direct à la Santé en attendant l'assassinat du beau-frère ! Tu pourras t'entraîner tout de suite à te faire enculer ! Parce que c'est ça, la prison, mon bonhomme, c'est pas seulement les odeurs de pieds, les épinards et les œufs durs !

J'ai dû faire une tête particulière...

Parce qu'elle s'est arrêtée.

Elle a réfléchi.

Elle a débouclé ma ceinture.

Sa voix a quitté les sommets pour puiser en profondeur.

– Si j'étais à ta place, Benjamin, si vraiment j'avais peur d'en prendre pour perpète, je m'y préparerais autrement. Je boirais au sein et je baiserais à couilles rabattues, je m'offrirais les meilleurs restaus, les meilleurs films, les meilleures pièces, les plus faramineuses rigolades, je m'enverrais en l'air si haut qu'il me faudrait beaucoup plus qu'une perpétuité pour me souvenir de tout ce plaisir accumulé...

J'ai réfléchi pendant qu'elle éparpillait nos fringues.

Et je me suis rallié à son programme.

Jusqu'au mariage de Thérèse.

V

Du mariage
De ce qui le précède et de ce qui
naturellement
s'ensuit

9

La dernière fois que j'ai vu Thérèse jeune fille, elle plongeait dans la robe de mariée que lui tendait Théo. « Plonger » est le juste verbe. C'était une robe bleu nuit qui engloutit ma sœur astrale comme si elle avait sauté du haut des cieux dans une mer sans fond. Puis sa tête et ses deux mains avaient resurgi, miraculeusement, et la robe s'était allumée ! Les enfants de Gervaise et les nôtres, assis en rond comme autour d'un magicien d'anniversaire, avaient poussé des oh ! et des ah !

– La Grande Ourse !

– Andromède !

– La nébuleuse d'Orion !

Telle avait été l'idée de Théo : piqueter cette robe nocturne de toutes les constellations qui encombraient la tête de Thérèse. Les putassons d'honneur, à qui Thérèse avait appris le ciel comme un livre, ne se lassaient pas de les identifier, tandis que la mariée tournait sur elle-même comme un vaisseau spatial en gracieuse apesanteur.

– Cassiopée !

– Éridan !

– L'Atelier du Sculpteur !

– Le Poisson austral !

– Le Taureau ! Le Taureau !

Voûte céleste clignotante, tête radieuse de la mariée, sur laquelle Théo déposa une auréole à feux pâles que le Petit reconnut aussitôt :

– La couronne boréale ! C'est la couronne boréale ! Je l'ai dit le premier !

Il avait été plus rapide que les fruits de la passion sur ce coup-là et tenait à le faire savoir. Théo lui délivra son brevet d'astronome :

– Et tu as dit juste, le Petit.

Puis se tournant vers moi :

– Alors, Ben, qu'est-ce que tu en penses ?

Il était grand temps que Théo s'engage comme semeur de paillettes chez Walt Disney, voilà ce que j'en pensais.

– Ton regard sue la mauvaise foi, Ben, tu trouves cette robe enchanteresse et tu ne veux pas l'avouer ! Une robe nitescente, mon cher... Tu sais ce qu'elle me rapporte, au moins ? me demanda-t-il à l'oreille.

– ... ?

– Deux jours dans les bras d'Hervé. Marie-Colbert a tenu à lui offrir un week-end dans mon lit. Tokyo-Paris en classe affaires, hop ! Ça tombe à pic, il n'en pouvait plus, le pauvre. Moi non plus, d'ailleurs.

Décidément, Marie-Colbert avait toutes les qualités.

– Attends, tu n'as pas vu le plus beau !

*

Le plus beau, c'était la traîne de la mariée, censée représenter la comète de Halley. On la verrait bientôt dérouler sa queue luminescente sur le parvis de Saint-Philippe-du-Roule et dans le cadre de la télévision. Les putassons d'honneur, que Théo avait déguisés en étoiles filantes, la soutenaient du bout de leurs doigts dorés.

Parce qu'il faut tout de même que je parle de cette émission de télé, la grand-messe conjugalo-caritative, la fucking cerise sur le monstrueux gâteau de ce putain de mariage. Quand j'avais fait observer à Thérèse que tout ce cirque manquerait un peu d'intimité, elle m'avait objecté qu'en s'unissant à Marie-Colbert elle épousait une cause, et qu'il n'y avait point de cause défendable sans caisse de résonance.

– Tout mariage est un engagement, Benjamin, et tout engagement un oubli de soi. Le mien un peu plus que les autres, voilà tout. Mettons que je m'immole aux caméras.

Les noces de Jeanne d'Arc, en somme.

Résultat des courses, le lendemain des épousailles, dimanche soir, jour de la diffusion, j'ai communié au mariage de ma sœur parmi quelques millions de téléspectateurs. *Dans les conditions du direct,* s'il vous plaît. Des conditions à ce point conditionnelles que le réalisateur avait, paraît-il, obligé la noce à entrer et à ressortir une dizaine de fois de l'église, comme si un sort s'était abattu sur elle.

C'était une soirée douce. Amar, Hadouch, Mo et Simon avaient installé la télé du Koutoubia dans un arbre du boulevard et disposé chaises et tables tout autour, sur le trottoir et la contre-allée. Tout Belleville s'était pointé. Les invités et les autres. Un fumet syncrétique de canard laqué et de mouton rôti liait ce monde dans un même parfum de coriandre. Rabbi Razon arrosait l'assemblée d'un petit bordeaux casher, son offrande au trousseau de Thérèse. Chacun bouffait, buvait et s'extasiait, les yeux levés vers l'écran :

– Thérèse me l'avait prédit que je passerais à la télé !

– À moi aussi !

Non contente de les avoir conviés à ses noces, Thérèse avait élevé ses adorateurs à la gloire cathodique ! Il régnait, au pied de cet arbre, une atmosphère de reconnaissance éternelle.

– Y a pas à dire, Ben, ironisait Hadouch, ton beauf a le sens de la fête !

Mon beau-frère avait surtout un bras d'une longueur insoupçonnable. À écouter le sirop du commentateur, il ne fallait pas deux minutes pour comprendre que ce film avait été commandé de longue date, préparé avec soin et tourné dans le moindre détail pour la seule célébration de Marie-Colbert de Roberval, « *personnalité caritative si discrète, si accaparée par son action sur tous les champs de la douleur humaine* » (sic) qu'elle s'imposait aujourd'hui comme « *l'honneur retrouvé d'une classe poli-*

tique trop longtemps discréditée par les affaires » (resic). Oui, cet « *inconnu venu de nulle part (tu parles...) qui, dans un gouvernement précédent, a refusé un fauteuil ministériel pour rejoindre l'austère Cour des comptes et consacrer son temps libre à la douleur du monde »* (le brave homme...), incarnait une relève politique « *à laquelle les Français avaient cessé de croire »*.

Tout cela en un long trémolo, pendant que le pinceau de la caméra glissait sur les invités « *humbles et multiculturels »* (« humbles et multiculturels », texto !) qui attendaient l'apparition du « *couple nuptial »*.

Le vieux Semelle me prévint du coude.

— Regarde, Benjamin, c'est là que ça devient vraiment beau !

Le « vraiment beau » apparut dans la téloche sous la forme d'une ambulance. Une ambulance toute blanche avec une croix toute rouge. Thérèse et Marie-Colbert se mariaient en ambulance !

— Un GMC, précisa le vieux Semelle. Modèle 33 révisé 42, aménagé spécialement pour la Croix-Rouge. Un moulin increvable.

Une ambulance historico-symbolique, donc, au pare-brise vertical, aux gros pneus crantés et aux vitres arrière en double quart de lune, comme on en voit dans les films où Paris se libère.

— Marie-Colbert a plus de fantaisie que tu ne le crois, Benjamin, m'avait prévenu Thérèse.

Thérèse que je voyais maintenant descendre de l'ambulance, un Marie-Colbert en smoking et haut-de-forme blancs lui tendant une main gantée.

Autour de moi, les hourras de la foule se mêlè-
rent à ceux qu'elle avait poussés la veille dans les
conditions du direct.

– Viens, Julius, on rentre.

*

Je n'ai pas voulu en voir davantage. Plus la télé
vise à la surprise, moins elle surprend. C'est dans
sa nature d'estomac ; les estomacs n'étonnent
jamais, ils digèrent. Parfois, ils refoulent, c'est
toute la surprise qu'on peut en attendre. J'aurais
pu réciter le reste du commentaire sans les images :
encore quelques vocalises sur l'amour de Marie-
Colbert pour l'humanité, certificat d'authenticité
fourni par deux ou trois gueules de notables émus
aux larmes, entrée solennelle dans l'église (Bach,
bien sûr), cohorte des « humbles multiculturels »
aux regards soudain dilatés par les divines splen-
deurs, homélie du curé – de l'évêque, cousin pro-
bable du marié – sur la droite du Père réservée de
toute éternité aux chômeurs de longue durée,
communion à tour de bras, « oui » timide de la pro-
mise, « oui » responsable du promis, *Deo gratias*, et
départ en blanche ambulance (Bach toujours)
pour un voyage de noces vers une destination « *que
le respect de leur intimité nous commande de tenir
secrète* ». Sauf que je la connaissais, moi, la destination. Ce con de Marie-Colbert emmenait Thérèse
à Zurich.

(À Zurich !)

– C'est tout de même plus original que Venise, s'était exclamé Jérémy quand j'avais fait la gueule.

Et, maintenant que Julius et moi étions seuls dans notre quincaillerie, maintenant que, prolongeant pour mon compte cette lamentable bluette, je m'asseyais sur le lit de Thérèse, la seule évocation de Zurich me broya le cœur. Je pensais à ce livre, lu jadis, dont je ne m'étais jamais vraiment remis, que Loussa et la reine Zabo avaient oublié de joindre à ma bibliothèque carcérale, cela s'appelle *Mars*, un jeune homme du nom de Fritz Zorn y meurt en vrai direct d'un effroyable cancer dont il attribue l'origine à une trop longue adolescence passée sur la rive dorée du lac de Zurich. Fritz Zorn affirmait que l'amour est l'honneur de l'homme, que la splendide humanité vivant au bord de ce lac l'avait privé de cet honneur, et qu'il en mourait.

Et c'était là, sur le lieu de cette agonie, que Marie-Colbert allait apprendre l'amour à ma sœur !

Cette nuit-là, je m'endormis sur le lit de Thérèse, en déroulant la pelote de mes dernières conversations avec elle.

*

– Je sais pourquoi tu n'aimes pas Marie-Colbert, Benjamin ; il n'est pas sentimental, non, mais il est bon ; sous ses allures de sénateur en herbe, il n'est pas tout à fait adulte, c'est vrai, mais pour obtenir ce qu'il veut vraiment il faut la foi de la jeunesse ; tu le soupçonnes de ne penser qu'à lui, quand il fait tout, au contraire, pour réparer les dégâts d'une famille qui n'a jamais vécu que pour elle-même ; tu lui reproches ses ambitions politiques... que ne fais-tu de la politique toi-même, mon petit frère ! Tu lui trouves une gueule de classe (si, si, c'est une de tes expressions favorites, « gueule de classe » et « cul propre », le Petit et Jérémy les ont adoptées), si tu veux dire par là qu'il ne nous ressemble pas, Benjamin, regarde-nous, nous ne ressemblons à rien.

Des phrases directement branchées au néo-cortex de Marie-Colbert :

– J'ai besoin d'un homme et d'une vie qui ressemblent à quelque chose, Benjamin, c'est ma façon d'être originale, de rompre avec le conformisme familial... parce que, en matière de conformisme – tu sais que je ne veux pas te blesser –, ce que tu appelles notre « tribu » se pose un peu là ! L'originalité à tous crins, le voilà notre conformisme à nous.

Ou encore, plus féminin :

– Que serait la vie d'une femme si elle ne mettait pas un peu son homme au monde ? Il faut beaucoup de femmes pour réussir un homme. Toi, par exemple, Benjamin, quoi que j'en dise, tu n'es pas complètement raté. Eh bien, il aura fallu Louna, Clara, Yasmina, Julie, la reine Zabo et moi pour obtenir ce résultat. Même maman y est pour quelque chose, c'est dire l'importance des femmes ! Accorde cette chance à Marie-Colbert, Benjamin, laisse-moi le mettre au monde...

À quoi elle ajoutait, imparable :

– Et puis, donne-moi la permission de me tromper. J'ai droit à l'erreur, comme tout le monde. Tu veux savoir à quoi rêvait maman, jeune fille ?

Là, je dois dire qu'elle m'avait scié.

– Regarde ce que j'ai trouvé dans son tabernacle.

Le « tabernacle » de maman, c'était ce qui nous restait de notre mère quand elle était en amour. Une malle d'osier fermée par un nœud de raphia. Que Thérèse avait violée pour la circonstance. Elle en avait sorti un bouquin cartonné et cubique. Maman devait le tenir de sa propre mère, à en juger par l'état de la couverture et la date de parution : *La femme, médecin du foyer. Conseils pratiques pour le mariage.* (C'était le titre.) Doctoresse Anna Fischer. (C'était l'auteur.) De la faculté de Zurich. (Zurich, déjà Zurich !) *Maison d'édition populaire,* 1934.

– Tu veux que je t'en lise des petits bouts ? Juste les phrases que maman a soulignées... Écoute, Benjamin, écoute un peu à quoi rêvait notre mère à mon âge.

« Les rapprochements chez les personnes bien portantes et morales ne devraient avoir lieu que lorsqu'il existe un réel sentiment d'amour. »

Maman avait souligné « bien portantes », « morales » et « réel sentiment d'amour ».

« *Si dans beaucoup de ménages l'homme manque d'égards pour son épouse, c'est qu'elle manque elle-même de pudeur et de dignité.* »

En marge : « Très vrai. » Ponctué d'une double exclamation : « ! ! » (Maman !)

« *Quelle est la base d'une félicité durable dans le mariage ?* » demandait l'auteur. « *C'est la modération des conjoints* », répondait-il aussitôt. « Oui ! » s'était écrié le crayon de maman. Thérèse avait pointé ce « oui » d'un index victorieux. Jeune fille, notre mère avait donc été tentée par la modération. Incroyable. Une modération explicite, comme l'indiquait la phrase suivante, soulignée deux fois.

« *Quant aux rapports conjugaux, la modération consiste à n'en avoir que le plus rarement possible, pas plus d'une ou deux fois par mois.* »

Une ou deux fois par mois... Maman... Est-ce possible ? Sur quoi Thérèse avait conclu, une flamme dans les yeux :

– Pourquoi m'empêcherais-tu de réaliser le rêve de maman, Benjamin ? Où elle a échoué, je peux réussir. Elle sera fière de moi.

C'est là que j'ai rendu les armes. D'abord parce qu'il n'y avait aucune ironie dans la voix de Thérèse, ensuite parce que si notre mère, cette stakhanoviste de l'amour, avait un jour rêvé d'un seul accouplement mensuel, c'est que les champs amoureux étaient trop imprévisibles pour qu'on pût y planter le moindre conseil.

Va savoir pourquoi, j'ai fini par m'endormir en me souvenant d'un dernier passage de *La femme, médecin du foyer*, qui concernait les soins capillaires, celui-là : « *La coupe répétée, au lieu de fortifier le cuir chevelu, est défavorable à la vitalité des cheveux. Elle serait même la première cause de calvitie dans le sexe masculin.* » (Maman avait souligné *dans le sexe* avec un point d'interrogation.) J'ai sombré en rêvant d'un Marie-Colbert à la chevelure si longue et si dense que Thérèse la roulait en nattes dans un filet de rasta.

10

– Je peux avoir mon lit ?

Quelqu'un me posait cette question du fond de mon sommeil.

– Benjamin, je peux avoir mon lit ?

Quelqu'un que je connaissais.

– Réveille-toi, Ben, il faut que je dorme. Allez !

On me secouait sèchement.

Quand j'ai ouvert les yeux, Thérèse était debout devant moi. Quand j'ai ouvert la bouche, c'est elle qui a parlé.

– Non, tu ne rêves pas, je suis revenue. Finies, les noces. Rends-moi mon lit, il faut que je dorme.

Je suis sorti de la chambre a reculons. Thérèse s'est glissée dans les draps et s'est retournée contre le mur :

– On parlera plus tard.

En dehors de Thérèse, il n'y avait que Julie dans la quincaillerie. Louna était de permanence pour trois jours à son hôpital, Clara était allée relever Gervaise aux *Fruits de la passion*, les autres étaient ailleurs. Julie classait de la documentation Roberval éparpillée sur la table tribale.

– Ne me pose pas de questions, Benjamin, je n'en sais pas plus que toi. Elle vient d'arriver et elle ne m'a pas dit un mot. Tu veux un café ?

– Serré.

(Mariée samedi, rentrée au bercail le lundi matin...)

– Quelle heure est-il ?

– Dix heures et demie.

(... rentrée le lundi matin à dix heures trente.)

Julie laissa la mousse affleurer deux fois le col de la cafetière turque.

– Et promets-moi de ne pas jouer le frère vengeur avant d'avoir étudié le dossier à fond.

*

Pas facile à étudier, le dossier. Thérèse a roupillé toute la journée. Dans la soirée, quand la quincaillerie s'est remplie, ordre a été donné de marcher sur les pointes et de bâillonner les petits. Lorsque Thérèse a émergé, vers neuf heures (vingt et une heures) – on lui avait laissé son assiette au chaud mais elle n'y a pas touché –, elle a traversé la quincaillerie en regardant droit devant elle. Elle a juste dit :

– Je vais éteindre Yemanja et récupérer quelques affaires.

Même Jérémy n'a pas posé de questions.

Et elle est sortie.

Bon.

J'ai demandé :

– Tu viens, Julius ?

Julius le Chien vient toujours.

D'autant que c'était l'heure d'ajouter au monument qu'il érigeait à la gloire de Martin Lejoli.

Dehors, donc.

« Je vais éteindre Yemanja. » Ce qui signifiait, en message codé, que le mariage avait été consommé. Ergo : perte du don de voyance. Plus besoin de Yemanja. On boucle la caravane tchèque, d'accord. Mais que s'était-il donc passé ? Et si vite ? Marie-Colbert était-il rentré de son côté ? Quelque chose m'interdisait de me renseigner sur ce point avant d'avoir entendu Thérèse. J'avais pris suffisamment d'initiatives inutiles dans cette affaire. Tout de même, Zurich... Ne fallait-il qu'un seul jour à cette ville pour foutre un couple en l'air ? Et quel couple !

C'était un de ces soirs de chaleur où, fenêtres ouvertes, Belleville devient sa propre caisse de résonance. En tendant l'oreille j'aurais pu participer à toutes les conversations qui se tenaient dans le carré Saint-Maur, Belleville, Pyrénées, Ménilmontant. Bientôt, ces voix ne brasseraient plus qu'un seul sujet et je pourrais m'entendre penser dans la tête unique de mon quartier. « Thérèse *ierdjà* ! Thérèse est de retour ! » « *Ouahed barka,* un seul jour de mariage ! » « Même sa mère elle a pas fait plus vite ! » « *Ouahed barka iaum,* tu imagines ? » « Sur ma vie, tu me l'aurais dit, je l'aurais pas cru ! » « *Po tian huang !* Jamais vu ça ! »

Ainsi anticipais-je, selon mon habitude, l'œil vague posé sur Julius qui poussait.

Julius qui poussait...

Étrange regard du chien poussant. C'est toujours une affaire qui le préoccupe. Il préférerait ne pas être vu, il voudrait bien regarder ailleurs, mais la chose réclame toute sa concentration. Il s'agit d'obtenir un équilibre pendulaire du train arrière, de calculer une exacte verticale, de ne pas s'en flanquer sur les pattes et de ne pas tomber assis dedans. Un grand nombre de paramètres à maîtriser simultanément. On voudrait faire vite et discret, mais l'événement commande la lenteur, exige de l'application. Le front se plisse, le sourcil se frise. S'il y a une circonstance de sa vie où le chien semble penser, un moment de pure introspection, c'est quand il pousse. Là, et seulement là, l'œil du chien atteint à l'humanité. Il la transcende, même, si j'en juge par l'affligeante simplicité du regard de Martin Lejoli, au-dessus de Julius. La complexité est en bas, l'idée fixe en haut. Le fertile enchevêtrement de tous les besoins est en bas, l'obsession monolithique en haut, toutes les contradictions de l'homme dans les yeux de Julius le Chien, un seul mobile dans le regard du candidat Lejoli. Le penseur est en bas, le prédateur en haut. Et j'ai eu peur. Pas du chien, de l'homme. L'intuition du pire. Une fois de plus le copronuage est venu se nouer au-dessus de ma tête. Et l'envie m'a pris de fuir très loin. Mais, solidarité oblige, on n'abandonne pas son chien dans cette position.

– Grouille-toi, Julius !

Seulement, Julius le Chien ne pouvait pas se grouiller.

Ma peur s'est dilatée...

– Non, Julius, non !

... en une terreur que je connaissais bien.

– C'est pas le moment, bordel !

Mais l'épilepsie n'avait jamais choisi le bon moment chez Julius. Et ce qu'il était en train de me faire là, accroupi sous cette affiche de malheur, œil visionnaire, babines retroussées, crocs de vampire, langue de Guernica, longue plainte montante, c'était bel et bien une crise d'épilepsie ! Et son hurlement a très vite couvert les conversations de Belleville, et je me suis précipité au moment où il roulait sur le côté, hurlant toujours, et j'ai saisi sa langue avant qu'il ne l'avale, et son hurlement a cessé tout soudain, mais l'atroce urgence que j'ai lue dans ces yeux, cette supplication hallucinée, qu'est-ce qu'il y a ? qu'est-ce qu'il y a ? qu'est-ce que tu *vois*, Julius ? m'a fait faire une chose que je n'avais jamais faite, je l'ai abandonné là, en pleine crise, et j'ai couru où son regard me disait de courir, et pendant que je courais l'air de Belleville s'est embrasé, et tout de suite après le souffle de l'explosion j'en ai entendu le bruit, et j'ai couru plus vite qu'il est possible de courir, tout en sachant qu'il était trop tard, et il était trop tard en effet, quand je suis arrivé au Père-Lachaise la caravane tchèque était en flammes, un brasier droit tendu vers le ciel, dont la chaleur rejetait au loin ceux qui tentaient de l'approcher, « Thérèse ! », j'ai crié, « Thérèse ! », et il y a eu une deuxième explosion, et j'ai vu le corps en feu projeté hors de la caravane, et le toit de la caravane s'est écrasé à côté de moi, et j'ai continué à courir, bien décidé à plonger, à sortir Thérèse de cet enfer, mais autre chose m'est tombé dessus, m'a plaqué au sol, une masse de muscles, qui me maintenait contre le bitume et me protégeait contre les scories enflammées, et j'ai senti le souffle de Simon le Kabyle à mon oreille, qui me disait : « Arrête, Ben, arrête, il n'y a plus rien à faire ! » Et les larmes me sont venues, et le nom de Thérèse s'est pris dans ma gorge...

*

– Ne regarde pas !

La main de Simon plaquait ma joue au sol. Je pouvais juste voir les gens courir sur le trottoir du Père-Lachaise. J'entendais les cris.

– Merde, ça se propage aux bagnoles !

Simon m'a relevé, il a couru, ployé au-dessus de moi, j'ai vu se dérouler les flammes du premier réservoir à essence dont le souffle nous a rattrapés.

– Bordel !

D'autres types se sont refermés sur nous, nous ont entraînés à couvert dans la bouche du métro, alors seulement Simon m'a relâché, et j'ai pu

103

foncer, tête en avant, remonter vers Thérèse, ressortir.

– Reviens, Ben !

Mais tout ce que j'ai vu c'est la cime d'un arbre s'embraser, les flammes attaquer l'image d'un homme au torse nu sur une colonne Morris, et la chaleur m'a cloué là plus sûrement que le poids de Simon. Je ne voyais même plus la caravane. L'incendie des voitures faisait barrage. Il gagnait la station de taxis. Un des chauffeurs qui avait voulu sauver sa voiture l'abandonnait, porte ouverte, il plongeait sur le boulevard, le bas de son pantalon en flammes, ses collègues se ruaient sur lui, leurs extincteurs en batterie, puis Simon m'a rejoint :

– Viens, Ben, viens !

Il m'a poussé et nous avons traversé le boulevard vers le mur du Père-Lachaise, moi trébuchant et hoquetant le nom de Thérèse, sans entendre le hurlement de la première sirène :

– Attention !

Le camion rouge m'a évité de justesse, a percuté le taxi en flammes, l'a rejeté sur le côté, les pompiers ont jailli, ont foncé dans le feu, se sont ouvert un passage à grands geysers immaculés, et ça s'est mis à converger, les sirènes, tout ce rouge, le bleu sombre des flics, les gifles glaciales des gyrophares, et ils ont tracé le périmètre de sécurité, mais si rapide que ce fût c'était beaucoup trop tard, je ne voyais plus que cette torsade noire monter au ciel, entre les murs du Père-Lachaise et la façade des établissements Letrou. L'homme au torse nu se rétractait avec la colonne Morris qui fondait.

Et il a fallu s'occuper des enfants qui arrivaient.
Jérémy le premier :

– Thérèse ! Où est Thérèse ? Elle était là ?

Puis, le Petit, muet, en état de cauchemar
éveillé.

– Simon, prends les garçons, emmène-les !

Le Petit et Jérémy ruant dans les bras de Simon,
Clara debout, immobile, les yeux sur la caravane,
l'appareil photo à la main, mais n'osant pas photo-
graphier, pas cette fois, n'osant pas.

– Clara, suis-les, occupe-toi des garçons.

Et Julie :

– Tu n'as rien ?

– Julie, ramène-les à la maison, tous !

11

Jusqu'à ce qu'il ne reste plus rien que la taule noircie des voitures, la peinture bouillonnante et cloquée, le plastique de la caravane fondu sur son châssis, les dernières coulées de flammèches bleutées au pied de la colonne Morris sur l'asphalte grésillant, le hurlement de l'ambulance emportant le taxi blessé, le cercle des flics et du Samu autour du corps calciné. Que j'ai voulu voir.

– Laissez passer, c'est son frère !

– Vous êtes son frère ?

Mais étais-je encore le frère de cette chose calcinée dont il ne restait que les angles ?

– Elle était venue éteindre Yemanja.

– Yemanja ?

– Qui c'est, ce type ?

– C'est le frère de la victime.

– Elle s'appelait Yemanja ?

La voix de Hadouch :

– Ben, ça va ? Ben, tu m'entends ?

– Faites-le monter dans le camion.

– Il est sous le choc, on n'en tirera rien.

– Faites-le monter !

Les flics ont fini par tirer de moi ce que je savais. Ils ont fait revenir Julie, Clara et les garçons.

Et Verdun ? Et C'Est Un Ange ? Et Monsieur Malaussène ? Qui s'occupait d'eux ?

– Les petits ? Qui garde les petits ?

Hadouch m'a rassuré, Yasmina était restée auprès des petits.

– Ne t'inquiète pas, Ben. Ma mère les a couchés là-haut, dans votre chambre. Elle dort avec eux.

Ils nous ont tout fait raconter depuis le retour de Thérèse. Séparément. Dans leur camion d'abord, puis au commissariat Ramponneau. Et c'était d'un calme, ces questions brèves, ces demi-voix, la course des doigts sur le clavier des ordinateurs, déjà le calme du deuil, et la signature pour finir, nos signatures muettes au bas des procès-verbaux. Le jour pointait quand on est ressorti. Cinq ou six heures du matin peut-être. Une aube d'essence, de plastique, d'asphalte, de peinture, de chair morte, une aube froide de mort stagnante. Amar, Hadouch, Rachida, Mo et Simon nous attendaient dehors. Je me souviens, Rachida a posé un châle sur les épaules de Clara et nous sommes rentrés à la maison.

Sur le chemin nous avons été rejoints par Joseph Silistri, un ami de la tribu, l'inspecteur Silistri, « lieutenant de police », comme on dit aujourd'hui.

– Malaussène, je peux te parler ?

Il m'a tiré à l'écart en faisant signe aux autres de continuer. Il était un peu essoufflé.

– Excuse-moi, j'arrive tard. Titus vient juste de me réveiller.

L'inspecteur Titus était son alter ego, l'autre tête du tandem. Titus et Silistri. Le Tatar et l'Antillais de la Crime.

– C'est nous qui sommes chargés de l'enquête, Malaussène.

Si vite ? Comment pouvaient-ils être au courant ? Mais je n'ai pas eu envie de poser la question.

– Malaussène, tu m'entends ?

Titus et Silistri ne faisaient pas partie du premier cercle, ils me tutoyaient mais m'appelaient par mon nom. Une intimité de collègues. Silistri me servit la phrase convenue en ce genre de circonstances.

– On va trouver les salauds qui ont fait ça, tu peux compter sur nous.

Ce n'était donc pas un accident...

– Tu sais...

Silistri cherchait la syntaxe des condoléances.

– On a de la peine pour vous tous.

C'était probablement vrai... Mais comment consoler ceux qui vous consolent ?

– Tu veux qu'Hélène passe vous voir ?

J'aimais beaucoup Hélène, la femme de Silistri, mais j'avais mon compte de pleureuses.

– Écoute... Vu l'état du cadavre... je veux dire du corps... enfin de Thérèse... ses restes, quoi... tu vois, le...

Il se débattait dans la fosse aux mots.

– Ma hiérarchie a décidé...

108

J'étais vraiment ailleurs, les mots avaient perdu leur chair avec celle de Thérèse, partis en fumée, tous ; une seconde je me suis demandé qui était cette bonne femme, la Hiérarchie, ce qu'elle représentait pour Silistri. Silistri suait à la racine des cheveux.

– Enfin, ils ont décidé de poursuivre l'incinération.

Je ne comprenais toujours pas.

– Tu comprends, Malaussène ? On a confié le corps au Père-Lachaise pour qu'ils finissent le travail dans leur incinérateur.

Il a mis sa main devant sa bouche. « Finir le travail », c'était sorti comme ça. Il avait épuisé l'humain, le pro avait repris le dessus. Il en était désolé. Il s'excusa.

– Excuse-moi.

Il dit aussi :

– Théoriquement on aurait dû te demander ton accord, mais Titus ne voulait pas qu'on t'emmerde avec ça. Il s'est porté garant pour toi. Ça doit être terminé à l'heure qu'il est. Il a eu tort ?

Non, non, Titus avait eu raison. On ne pouvait pas laisser Thérèse comme ça Ni l'enterrer dans cet état. J'ai dit merci, bon, merci, Titus a eu raison, c'est ce qu'il fallait faire, merci. Et puis, j'ai demandé, un peu par automatisme :

– Où il est, Titus ?

Silistri a hésité un peu, puis il a dit :

– Chez Roberval.

Bien sûr, Marie-Colbert... Bien sûr, Titus est allé prévenir le mari, informer le veuf, évidemment... ça se fait...

– Non, Malaussène, c'est pas exactement ça...

Non ? Titus soupçonnait Marie-Colbert ? Marie-Colbert était le premier sur la liste de Titus ?

– Pas ça non plus, non...

Silistri m'a regardé dans les yeux pour la première fois.

– Roberval a été assassiné lui aussi.

Un regard de flic, dont on ne sait pas s'il interroge, s'il accuse déjà ou s'il réfléchit encore.

– On l'a retrouvé écrasé dans le hall, chez lui. Balancé du quatrième, dans la cage d'escalier. On attendait ce matin pour interroger Thérèse.

J'ai dit :

– Ah...

Et j'ai rejoint les autres.

VI

Où ce qui devait arriver
arrive
à un détail près

12

De retour à la quincaillerie, nous nous sommes assis autour de la table et Julie a fait du café.

– Jérémy, le Petit, il faut vous reposer.

Les garçons ont fait non de la tête.

– Clara, emmène-les.

Clara n'a pas bougé.

– ...

Ils n'osaient même pas regarder la porte de leur chambre. J'ai compris qu'ils n'y dormiraient plus jamais.

– ...

– ...

Et j'en ai eu marre, tout à coup. Marre de cette quincaillerie, de Belleville, de cette capitale, de l'air qu'on y respirait et du silence qui régnait autour de cette table. Marre de cette tribu, marre d'être moi et marre d'en avoir marre. Je me suis dit que c'était facile, après tout, Thérèse avait montré la voie. Elle avait été là, et elle n'y était plus. Voilà. C'était facile. On était là, et on n'était plus là.

– ...

...

Debout devant la surface de travail, Julie coupait du pain, le passait à Clara qui le grillait. Un coup de ciseaux fit sauter l'angle pincé d'un carton de lait... casserole, gaz, allumette... et j'en ai eu marre de ça aussi, marre des gestes adéquats, des réactions idoines...

– ...

– ...

– Je reviens.

Je suis monté dans notre chambre. Yasmina non plus n'avait pas voulu affronter le lit vide de Thérèse. Elle avait pêché Verdun et C'Est Un Ange dans le dortoir, les avait couchés dans notre lit à nous et avait installé Monsieur Malaussène au-dessus d'eux, dans le hamac. Assise à la fenêtre, Yasmina regardait le jour se lever. Surtout, qu'elle ne me parle pas de destin. C'est ce que j'ai tout de suite redouté : qu'elle n'aille pas m'expliquer que c'était un projet d'Allah.

Non, en me voyant, elle a juste murmuré :

– *Ïa rabbi...* (Ô mon Dieu...)

Puis, elle a ouvert ses bras et, sans élever la voix :

– *Edji hena*, mon petit.

J'ai obéi, je suis venu.

– *Bekä*, mon fils, *bekä*, il faut pleurer.

Ce que j'ai essayé de faire, dans ses bras qui se sont refermés. Mais rien n'est sorti. Grande sécheresse. Ça a duré jusqu'à ce que s'installe la vraie lumière du jour, ce bleu innocent qui nous vient de la place des Fêtes par les matins sans nuages, cette espèce de charme tremblant, la fameuse transparence Île-de-France... J'en ai eu marre de cette palette aussi. La délicatesse des cieux... J'allais vomir sur les genoux de Yasmina, quand quelqu'un a frappé à la porte.

Qui s'est ouverte.

C'était Jérémy.

– Ben... viens.

Jérémy décomposé. Raide comme la terreur. Répétant, sans pouvoir élever la voix :

– Viens. Vite !

Nous étions dans un de ces territoires où tout peut arriver, un au-delà du chagrin où la promesse du pire éveille une curiosité presque tranquille. Quoi, encore ? Et Jérémy, tellement suppliant, avec cette voix blanche :

– Viens...

– *Mat yallah*, mon fils, a dit Yasmina, va...

Je me suis relevé. J'ai suivi Jérémy.

Il descendait l'escalier comme s'il avait peur de ce qu'il trouverait en bas.

En bas, c'était la même tribu pétrifiée, devant les mêmes bols de café au lait que personne n'avait touchés. Tous les regards convergeaient vers le bout de la table. Deux hommes se tenaient là, debout, à contre-jour. Deux apparitions de granit qui faisaient écran à la lumière du matin. On ne voyait pas leur visage. Ils avaient déposé un œuf de Pâques sur la table, devant eux. Ils attendaient.

Un œuf de Pâques...

C'est la première image qui m'est venue : une sorte de gros œuf d'un noir profond, aux reflets métalliques. Un œuf futuriste et sinistre, pondu par un ptérodactyle d'acier. Tout le silence qui régnait dans la pièce semblait sourdre de cet œuf. J'ai sursauté quand un des deux types s'est adressé à moi :

– Monsieur Malaussène ?

J'ai répondu oui.

Le second type a désigné l'œuf comme on s'agenouille devant un ciboire :

– Les cendres de Mlle votre sœur.

Avant que la tablée ait accusé le coup, le premier type a fait les présentations.

– Messieurs Balard et Fromonteux, des établissements Letrou.

Mais oui, bien sûr... bien sûr... Le Père-Lachaise avait fini le travail et passé la balle aux établissements Letrou... Le parcours obligé... L'enchaînement ordinaire... Rien que de naturel... Retour de Thérèse à la maison, voilà tout... J'ai pensé avec épouvante que l'urne devait être tiède. Mais une horreur plus profonde m'a rappelé qu'il n'y a pas plus froid que des cendres froides. Le froid sans nuance de la cendre... c'était comme une mémoire de mes doigts... pas exactement du froid... une définitive absence de chaleur.

– Permettez-nous de vous présenter nos condoléances les plus attristées.

– À vous-même ainsi qu'à votre famille.

– En nos propres noms et au nom de notre maison.

Balard et Fromonteux parlaient d'une même voix. J'ai balbutié un vague remerciement. Ils ont dû le prendre pour une amorce de conversation, parce qu'ils se sont brusquement animés.

– Le modèle vous convient-il ? a demandé Balard ou Fromonteux.

– Si ce n'était pas le cas, a enchaîné Fromonteux ou Balard, notre maison dispose d'une gamme très complète...

J'ai entendu claquer les serrures d'un attaché-case et, avant qu'aucun de nous ait pu faire le moindre geste, nous nous sommes retrouvés avec un éventail de photos étalées devant l'œuf de Thérèse. C'étaient les urnes concurrentes. Balard ou Fromonteux avait abattu leur jeu avec la même dextérité que Thérèse quand elle déployait son tarot de Marseille.

– Comme vous pouvez le constater, l'urne funéraire a beaucoup évolué.

– Il était grand temps de relooker le produit...

– Notre maison s'y est appliquée.

– Les défunts aussi ont droit à la diversité.

– Surtout ceux qu'on garde à la maison.

– Variété des formes et des matériaux...

Ils nous faisaient l'article en se passant le relais. Un ping-pong très au point. Pendant que Balard ou Fromonteux parlait, Fromonteux ou Balard faisait le tour de la table, déposant une photo devant chacun de nous : urnes en forme de fleur épanouie, de pomme joufflue, de livre ouvert, urnes enfantines à bouille d'angelot, urne tirelire, à briser si on décidait d'éparpiller Thérèse – ils livraient le marteau avec...

– En promotion jusqu'en octobre !

– Mille six cents francs hors taxe, massette comprise...

– Mille neuf cent trente-six francs TTC...

– Deux cent quatre-vingt-dix-sept euros quatre-vingt-cinq...

– Terre cuite ou porcelaine...

– Trois mensualités, crédit gratuit.

– Ou ce modèle, avec incrustation de rubis du Brésil...

– Un peu plus onéreux, bien sûr...

Le tout dans la sidération générale, et moi sous le regard assassin de Julie qui me hurlait muettement de « faire quelque chose, bon Dieu ! », d'autant que le Petit avait chopé une photographie au passage et que je voyais le moment où il allait exprimer une préférence, laquelle se heurterait au veto de Jérémy, évidemment, d'où une bagarre inévitable, qui finirait en étripage devant les cendres de Thérèse.

Julie avait raison. Il fallait absolument empêcher ça.

J'ai fait taire mon chagrin, j'ai plongé en moi-même, je m'y suis concentré autant que j'ai pu, et là, pour la première fois de ma vie, au plus enfoui de moi, j'ai clairement sollicité une intervention surnaturelle.

Et le ciel m'a entendu.

Il m'a exaucé.

Exaucé !

Moi ! pécheur multirécidiviste, blasphémateur désespéré, rendu à l'extrême bout de mon rouleau sans foi... Le ciel m'a exaucé !

À la seconde même où le Petit allait ouvrir la bouche, une autre voix que la sienne a retenti dans la quincaillerie. Une voix venue de nulle part et qui s'étirait en disant :

– Ouiiiiii...

Une voix séraphique, qui slalomait languissamment entre nous :

– Oh ! Ouiiiii...

Le Petit a lâché la photo, l'œil rond derrière ses lunettes roses. Tout le monde a relevé la tête. Ce fut au tour de Balard et Fromonteux de jouer les statues de sel.

– Oui ! scandait la voix dans un halètement vorace, oui ! oui ! oui ! oui !...

Un ange féminin, à n'en pas douter, un ange superbement femelle, qui acquiesçait pleinement aux joies de la vie :

– Ouiiiiiiiiiiiiiiiiiiiiii !

Et qui, après avoir dilaté jusqu'à l'extrême ce hurlement de plaisir, se recroquevilla dans un soupir repu, comme on ramène les couvertures à soi.

Silence.

Tous les visages de la tribu s'étaient tournés vers la porte du dortoir.

Yasmina débaroula de l'escalier, radieuse, jetant les yeux de tous les côtés.

– *Sema ? Sema ?* criait-elle, vous avez entendu ?

J'ai pivoté sur mes talons.

J'ai moi aussi fixé la porte.

Ma main s'est posée sur la poignée.

J'ai ouvert lentement.

Et oui...

Oui.

– ...

– ...

– ...

Thérèse était dans son lit.

Elle dormait à poings fermés.

Pas un mot autour de moi.

De fait, quand on avait encore dans les yeux cette chose carbonisée au rictus éblouissant ou cet ovni posé sur la table familiale, cela commandait le silence. Une certaine trouille même, à en juger par le teint cireux de Balard et Fromonteux. Eux qui avaient tout vu dans ce domaine, c'était la première fois qu'ils assistaient à une résurrection. À vrai dire, en y repensant aujourd'hui, ce n'est pas ce miracle qui me surprit le plus. Ce genre de chose devait arriver un jour ou l'autre, avec Thérèse. Non, il y avait beaucoup plus extraordinaire. La vraie surprise était ailleurs. Thérèse, notre si pudique Thérèse, dont Jérémy affirmait qu'elle avait dû naître dans un scaphandre de cosmonaute, Thérèse était nue ! Elle était nue dans son lit pour la première fois de sa vie. Et les draps froissés ramenés sur elle en vrac, loin de cacher cette nudité, en accentuaient la splendeur. Parce qu'il y avait autre chose, aussi : Thérèse avait perdu ses angles ! C'était bien notre Thérèse, aucun doute possible, et pourtant c'était une autre, une Thérèse en courbes graciles, les cheveux dénoués, les bras alanguis, la peau lisse et diaphane, un sourire assouvi sur un visage presque poupin. Thérèse,

120

pourtant, la même, mais Thérèse déliée tout à coup, gavée d'un sang généreux qui palpitait à la fleur de sa peau, Thérèse révélée à elle-même par on ne sait quel voyage.

– On dirait maman, a murmuré le Petit.

C'était exactement ça.

– *Nâmet*, a murmuré Yasmina.

Cela aussi était vrai, « *nâmet* », Thérèse semblait dans un rêve.

– On n'a pourtant pas rêvé, nous, a grommelé Hadouch.

– Il serait temps de s'y mettre, a feulé Rachida en s'enroulant autour de lui.

Comme Hadouch et Rachida allaient partir, il s'est encore passé autre chose. Le corps de Thérèse a été pris de soubresauts. Crispations discrètes, d'abord, comme un frémissement de toute sa peau sous un brusque courant d'air, puis une série de spasmes, s'entraînant les uns les autres, jusqu'à ce que Thérèse entière soit prise d'une trémulation de possédée, mais qui n'affectait ni son sourire ni son sommeil. Une béatitude trépidante à vous glacer le sang. Bien plus effrayant qu'un corps de femme classiquement tordu par les amusements du diable. Je crois bien que nous avons tous reculé d'un pas. Thérèse tressautait de la tête aux pieds, maintenant. Cela fit glisser sa couverture et nous la révéla dans sa toute nouvelle splendeur. Personne n'osa la recouvrir. Nous la regardions, entre horreur et ravissement, comme si une puissance occulte allait nous envoyer un message en relief sur cette peau resplendissante. Un très mauvais film, en vérité, mais qui semblait ravir Thérèse. Puis nous entendîmes les coups. Des coups sourds qui ébranlaient la maison. Cela montait des abysses. Un esprit frappeur s'acharnait, au rythme de Thérèse. Laquelle trépidait de plus belle et ne se réveillait toujours pas. Ces coups contre le plancher, les grincements du sommier, puis ces grognements étouffés, puis cette odeur familière...

J'ai enfin compris.

Je me suis accroupi.

J'ai regardé sous le lit.

– Ça suffit comme ça, Julius, sors de là !

Julius le Chien a aussitôt cessé de se gratter. Il s'est extirpé, autant que sa masse le lui permettait. Lui aussi nous a regardés comme si nous étions ressuscités. Pas la moindre trace de sa crise de la veille. Un fumet un peu plus affirmé, peut-être, un rien de perplexité dans le regard, aussi... Un surcroît d'humanité.

*

Nous avons consolé Balard et Fromonteux comme nous avons pu. Le café les a un peu requinqués. Ils sont repartis dans Paris, nantis d'une mission sacrée : trouver, sur sept millions d'habitants, la famille éplorée à qui offrir leur œuf de Pâques.

Nous venions de donner un sens à leur vie.

*

Tous les lits de la quincaillerie dormaient, à présent. Julie et moi avions récupéré notre territoire. Nous remontions lentement à la surface quand l'évidence m'a sauté aux yeux.

– Julie, tu avais bien dit capote ?

– Pardon ?

– Tu m'avais bien dit que Marie-Colbert avait une tête à baiser sous capote, de tout temps, sida ou pas ?

– Oui.

– Tu t'es gouree.

– Ah ?

– Thérèse est enceinte.

– Comme ça ? Du jour au lendemain ?

– Cent contre un.

À quoi j'ai ajouté, plus mort que vif :

– Ça se réalise, Julie. Tout ce que j'ai prévu est en train de se passer. Point par point. Marie-Colbert est mort. Thérèse est enceinte... Tu peux m'engueuler tant que tu voudras mais ça va me tomber dessus, je le sais, je suis juste en dessous, maintenant. Fin de la montée dramatique : dans moins de vingt-quatre heures, je me fais emballer par les flics.

13

Julie ne m'a pas engueulé. Elle s'est jointe à moi pour interroger Thérèse à son réveil. Qui a réagi en toute bonne humeur :

– Mais qu'est-ce que vous voulez que je vous dise ? Benjamin avait raison, c'est tout ! Marie-Colbert n'en voulait qu'à mon don de voyance. Dimanche matin, après la nuit de noces – pas ébouriffante, la nuit de noces, entre parenthèses –, quand j'ai annoncé à mon mari que j'étais fichue pour la divination, j'ai vu sa figure s'allonger et je suis partie. Voilà.

Cela dit avec une gaieté primesautière en trempant une tartine de myrtilles dans un bol de lait blanc. Œil candide, mastication spongieuse, main déjà tendue vers une autre tranche de pain, Thérèse mangeait pour deux, elle s'envoyait un double petit déjeuner, enceinte d'un affamé, aucun doute là-dessus, squattée par un goinfre.

– Tu es partie comme ça ? a demandé Julie. Sans attendre confirmation ? Sans qu'il te chasse ?

Thérèse leva les yeux au ciel :

– Juliiiiie, je ne suis plus spirite, mais je ne suis pas conne. J'ai vu sa tête, je te dis ! Et puis quoi, tu connais les hommes ; s'il y a une chose qu'ils attendent de nous, c'est que nous leur donnions le courage de nous foutre à la porte. J'ai pris les devants, c'était mieux. J'ai attendu le train de nuit et je suis rentrée en douce. Benjamin, il n'y a plus de beurre ? C'est tout ce qui reste comme beurre ?

Julie a voulu en savoir plus, un récit circonstancié du voyage de noces, par exemple.

– Pourquoi ? a demandé Thérèse en tendant les deux mains vers le beurre que je lui apportais, on s'en fiche, c'est du passé !

– Juste pour savoir à quoi ça ressemble, a insisté Julie sur le même ton guilleret, celui-là ne m'a jamais emmenée en voyage de noces !

Elle me désignait du menton.

– Tu n'as rien perdu ! fit Thérèse en tartinant.

Et de nous raconter qu'à peine sortis de Saint-Philippe-du-Roule, à peine montés dans l'ambulance mythique et tourné le coin La Boétie-George V, les mariés avaient plongé dans un taxi, d'où ils avaient sauté dans un avion qui les avait posés dans une suite de la Bahnhofstrasse de Zurich, grande comme une piste d'atterrissage.

– Un hôtel spécial culs propres, Benjamin, du marbre partout, service impeccable, deux salles de bains et deux lits dans la chambre conjugale, où le champagne nous attendait avec deux femmes de chambre en grande tenue et les vœux de bonheur de la direction en double exemplaire. C'était parfait. J'ai pensé à toi, mon petit frère, ça t'aurait beaucoup déplu.

Mais d'où lui venait cette bonne humeur ? Et ce bagout ? Qu'est-ce que c'était que cette Thérèse ? Et comment allions-nous trouver le créneau pour lui annoncer la mort de Marie-Colbert ?

– Ensuite ? a demandé Julie.

– Ensuite, Marie-Colbert étant Marie-Colbert, le travail étant le travail et les responsabilités les responsabilités, les deux téléphones ont sonné et la réception nous a annoncé que notre rendez-vous était arrivé.

– Vous aviez un rendez-vous ?

– Un rendez-vous en costume trois pièces avec une montagne de documents à signer, je l'ignorais, oui. Marie-Colbert m'a présenté M. Altmayer, le trésorier de notre association, et nous nous sommes mis au travail. Marie-Colbert signait, je signais, M. Altmayer vérifiait et signait, les documents passaient de droite à gauche, ça nous a pris une bonne heure.

– Et qu'est-ce que tu signais, au juste ?

Elle eut un sourire à la fois charnel et ingénu (un sourire nu-pieds, Brigitte Bardot dans un de ses premiers rôles).

– Oh ! ça... il faudra le demander à Marie-Colbert, je l'ai laissé avec deux valises pleines de papiers. Benjamin, tu me ferais deux œufs sur le plat ? Je meurs de faim !

Des jumeaux ! Elle nous fabrique des jumeaux ! J'ai repensé à l'exclamation du Petit. Ce joyeux appétit, cette insouciance avide, oui, c'était tout à fait maman quand elle venait de larguer un géniteur. Marie-Colbert l'avait enjumelée !

– Et ensuite ? a demandé Julie.

– Ensuite, ensuite, vous êtes drôles, ensuite... Nous allons entrer dans la sphère de l'intimité ! Qu'est-ce que vous voulez savoir ? Si je me suis jetée sur sa braguette ? Si je l'ai violé sur place ? Eh bien, j'aurais dû, mais c'était l'heure du dîner et pas le genre de restaurant où une jeune mariée peut attirer son mari sous la table... ni le genre de mari.

Le blanc des œufs commençait à cloquer dans la poêle quand elle a sorti l'information la plus stupéfiante de son récit, compte tenu des circonstances.

– D'ailleurs, pour ce qui est de la nuit de noces, il s'est passé une chose tellement étrange...

Je me suis retourné, la queue de la poêle dans la main.

– J'aurais voulu ton avis sur ce point, Julie.

Julie a levé les sourcils de l'expectative.

– Il a mis un préservatif, a lâché Thérèse tout de go.

Effondrement d'une certitude. J'avais toujours la poêle dans la main.

– C'est courant, ça ? a demandé Thérèse. Pour une nuit de noces, je veux dire ? Ça arrive souvent ? Avec une fille dont on sait qu'elle est vierge ?

Julie a bafouillé une réponse d'où il ressortait clairement que non, enfin oui, parfois, peut-être, qu'elle n'était pas experte en nuit de noces, mais que, va savoir, dans le contexte actuel, c'était peut-être de lui que Marie-Colbert se méfiait, quoique...

– Quand j'y repense, l'interrompit Thérèse, je crois que c'est ce détail qui m'a décidée à prendre le train de nuit.

Cela dit sans rien perdre de sa bonne humeur et pendant que les œufs flambaient dans la poêle. Elle rayonnait tellement que nous avons hésité à lui annoncer l'incendie de la caravane. Mais cette nouvelle non plus ne l'affecta pas plus que ça.

– Ah ! bon ?

Elle eut un hochement de tête.

– Avant-hier, je vous aurais dit que c'était écrit.

On m'avait blindé ma Thérèse. Pas le moindre défaut à cette cuirasse de gaieté. J'ai demandé .

– Qu'est-ce que tu as fait, hier soir, en sortant de la maison ?

– J'ai fait ce que je vous ai dit. Je suis allée eteindre Yemanja.

– Tu étais seule dans la caravane ?

– Évidemment ! Tout le monde sait que j'ai perdu mon don.

– Tu as laissé quelque chose allumé ? Un chauffage d'appoint, une ampoule, un Butagaz ?

– Par ce temps ? C'est l'été, Benjamin. Non, j'ai flanqué dans un baluchon les affaires auxquelles je tenais et je suis partie en laissant la porte ouverte, au cas où quelqu'un voudrait y dormir, c'est tout.

Il a bien fallu lui annoncer que quelqu'un, une femme, était morte là, brûlée vive.

Elle a marqué une petite pause dans son enthousiasme, tout de même. Puis elle a dit :

– Eh bien, je vais aller au commissariat leur dire que ce n'est pas moi.

Elle s'est levée pour exécution. J'ai jeté ma main autour de son poignet. J'ai voulu lui annoncer la mort de Marie-Colbert. Mais c'est une question qui m'est venue :

– Où es-tu allée après avoir éteint Yemanja ?

– J'ai fait un tour.

– Où ça ?

Parce que, à y bien réfléchir, c'était ce tour qui l'avait métamorphosée. Elle faisait la gueule en revenant de Zurich. Chien battu réclamant sa couche, se tournant contre le mur... Zombi à son réveil... Chagrin automate traversant la quincaillerie pour aller éteindre Yemanja...

Julie s'y est mise avec moi :

– Thérèse, tu réponds ? Où es-tu allée après la caravane ?

Elle nous a regardés, l'un, puis l'autre :

– Qu'est-ce qui vous prend ? Vous me surveillez ? Une femme mariée ? Trop tard ! C'est l'adolescente qu'il fallait suivre de plus près ! Ses bêtises astrologiques et tout ça...

J'ai dû faire une sale tête parce qu'elle m'a servi une rasade de son nouveau rire et m'a passé la main dans les cheveux, en se levant de nouveau :

– Je te taquine, Ben... Allez, il faut que j'aille au commissariat.

Comme elle franchissait la porte de la quincaillerie, Mo le Mossi et Simon le Kabyle, surgis de nulle part, l'ont encadrée. Hadouch est entré avec eux.

– On l'accompagne, Ben. Après tout, quelqu'un a peut-être essayé de l'assassiner, cette nuit.

– Je vais avec eux, a dit Julie.

*

Il y a des atmosphères qui ne trompent pas. Ça se concentrait au-dessus de moi, ça se refermait tout autour, ça se nouait et j'étais au cœur du nœud. Thérèse n'était peut-être pas enceinte, mais on avait bel et bien assassiné Marie-Colbert. Le pire était à ma porte. Il allait se matérialiser sous la forme d'un panier à salade et d'une paire de menottes chromées. Des semaines que je me débattais en vain. Voilà, c'était imminent. J'en ai éprouvé une sorte de soulagement. J'ai profité de ma solitude pour monter dans notre chambre et préparer mon baise-en-taule. Valise bouclée, je suis passé chez Azzouz prendre livraison des bouquins que m'avaient recommandés la reine Zabo et Loussa de Casamance.

– Je ne les ai pas tous reçus, Ben, c'est si urgent que ça ?

– Tu m'enverras les autres à l'adresse que je t'indiquerai.

Azzouz remplissait mon sac à dos.

– Tu déménages, Ben ? Tu quittes Belleville ? Ça devient trop rive gauche pour toi ?

– Des vacances, Azzouz.

Il examinait les titres un par un avant de les fourrer dans mon sac.

– Des vacances dans un couvent, alors. Branché, ça !

J'ai eu envie d'un dernier couscous. J'ai d'abord songé au Koutoubia, mais l'idée d'affronter Amar, Yasmina, le vieux Semelle, leurs derniers regards, m'a fatigué J'ai obliqué vers les Deux Rives et me suis assis à la table ronde où Rachida et moi avions débattu des méfaits de l'astrologie. J'ai commandé un makfoul que j'ai mangé dans le silence paisible d'Areski.

Sur quoi je me suis offert un tour de Belleville, appareil photographique jetable à la main. J'ai photographié ce qui me tombait sous l'œil, sans recherche ni discrimination ; les souvenirs sont enfants du hasard, seuls les truqueurs ont leur mémoire en ordre.

Puis, j'ai repiqué vers la maison, fermement décidé à aimer Julie une fois pour toutes. Mais j'ai compris qu'on ne m'en laisserait pas le temps. Une voiture de police était garée au pied de la quin-caillerie. Trois types en civil m'attendaient à la porte de chez moi. J'ai reconnu Titus et Silistri. J'ai pensé que, vu nos relations amicales, ils ne devaient pas être à la fête. Je ne connaissais pas le troisième type. Silistri me l'a présenté, après m'avoir annoncé qu'ils venaient à propos de Marie-Colbert.

Et voilà, me suis-je dit.

– Le substitut Jual, a fait Silistri.

Le substitut Jual hocha la tête sans un mot.

– Il représentera le parquet tout au long de l'enquête, a expliqué Titus pour masquer son embarras.

– La victime n'est pas n'importe qui, a fait Silistri.

D'un froncement de sourcils, le substitut Jual leur signifia qu'ils parlaient trop.

J'ai failli leur dire que je les attendais, « une petite seconde, je vais chercher ma valoche », mais je n'allais tout de même pas leur mâcher le travail. J'ai cherché la phrase la plus convenue dans ce genre de circonstances et je l'ai trouvée :

– Que puis-je pour vous ?

– Votre sœur Thérèse est en état d'arrestation, monsieur Malaussène, a laissé tomber le substitut Jual.

– Elle est là ? a demandé Silistri.

Ils lurent dans mes yeux qu'elle était là, juste derrière eux. Elle revenait du commissariat. Elle traversait la rue, sautillante, entre ses gardes du corps.

– On l'a vue cette nuit sur les lieux du crime, a glissé Titus dans mon oreille pendant que les deux autres se retournaient. Vue et reconnue. Encore la faute à la télé. Désolé, Malaussène, vraiment, j'aurais presque préféré que ce soit toi.

VII

*Du mariage sous le régime
de la communauté
universelle*

14

Ils l'ont menottée et emmenée si vite que je n'ai pas eu le temps de lui parler. J'ai fait un mouvement vers elle, mais Titus m'a retenu.

– Elle n'a plus le droit de communiquer avec vous, Malaussène, c'est plus grave que tu le crois.

Et Titus a plongé dans la voiture qui démarrait.

J'ai vu Thérèse une dernière fois, par la lunette arrière, entre Silistri et le substitut Jual. Malgré les menottes, elle me faisait non avec un index en se désignant de l'autre. On pouvait comprendre : « ce n'est pas moi », ou « ne t'inquiète pas pour moi », d'autant qu'elle souriait encore de la bouche et des yeux, comme si ces trois-là l'emmenaient boire une orangeade sur les bords de la Marne.

Et j'étais là.

Avec mon sac à dos rempli de bouquins.

Si con...

Tellement honteux...

À ce point lamentable...

Que mon premier réflexe fut de laisser Hadouch, Mo, Simon et Julie tétanisés sur le trottoir pour foncer dans notre chambre, défaire ma valise en quatrième vitesse, ranger mes affaires avec une fébrilité de marmot qui planque sa bêtise sous le tapis, jeter le sac à dos dans le panier à linge sale, dissimulation imbécile qui ajoutait à ma honte dans des proportions inouïes, regarde-toi, mais regarde-toi, regarde-toi, merde piteuse, à gommer les traces de ton insatiable parano, au lieu de te soucier de Thérèse, de ce qui arrive à Thérèse, de ce qu'a bien pu faire Thérèse pour qu'on vienne lui passer les menottes devant toi – les menottes ! devant toi ! Thérèse ! –, chiure de toi, à ranger ta chambre, là, pour ne pas paraître ce que tu es, sors les bouquins du panier au moins, comment vas-tu expliquer à Julie la présence de saint Jean de la Croix dans le linge sale, sors-les de là, fourre-les sous le lit, lecture pour l'hiver, je ne sais pas moi, mais d'où lui venait cet invraisemblable rayonnement, est-ce jouissif à ce point d'assassiner son mari le lendemain de ses noces, écrasé dans sa cage d'escalier, dieu de Dieu, défenestré autant dire, jeté d'en haut, basculé dans le vide, Thérèse, non, évidemment non, pas Thérèse, mais qu'est-ce qu'elle foutait ce soir-là, rue Quincampoix, quand je la croyais occupée à brûler vive dans sa caravane, et si guillerette le lendemain, si bouffie de plaisir, si désinvolte dans la chronique de ses noces helvétiques, et Titus, « c'est plus grave que tu le crois ! », mais je suis prêt à tout croire, moi, sauf Thérèse capable de prendre un conseiller référendaire de première classe par les chevilles – fût-il son mari – pour le basculer par-dessus la rambarde de son hôtel particulier et rentrer à la maison rassasiée de bonheur après avoir vu – et entendu, surtout, entendu ! – son corps s'écraser vingt mètres plus bas sur le marbre de ses ancêtres, non, pas Thérèse, ou alors nos sœurs ne sont pas nos sœurs, mais qui es-tu toi, Malaussène, à ranger ta piaule comme un malade au lieu de redescendre tirer des plans avec les autres, qui veux-tu être ?, regarde-toi, tu es bel et bien en train de faire ton plumard, Malaussène, au carré, en bon soldat, comme on se fait une inconscience, et de classer soigneusement les bouquins sur les rayonnages de la bibliothèque, les romans avec les romans, poésie, théâtre, sciences sociales, philosophie, religions, et *L'espece humaine* de Robert Antelme, ou ranger *L'espèce humaine* ? C'est un vrai problème de civilisation, ça, où classer un livre comme *L'espèce humaine* dans la bibliothèque du XXᵉ siècle ? Dans quel genre ? Car à chaque siècle son genre, mesdames et messieurs, son génie propre, c'est ce que l'école apprend à nos enfants, très schématiquement : poésie au XVIᵉ, théâtre au XVIIᵉ, lumières toutes au XVIIIᵉ, roman au XIXᵉ, et le XXᵉ siècle, si on va par là ? Quel est son genre, au XXᵉ siècle ? *Littérature concentrationnaire*, mesdames et messieurs, un fameux rayonnage si on ne veut rien oublier, suivre l'actualité et prévoir la suite...

*

Ils sont revenus dans l'après-midi. Le substitut Jual, Thérèse, Titus, Silistri, avec une escouade

137

d'uniformes. Le substitut Jual a exhibé un mandat de perquisition mangé de tampons, en nous commandant de nous tenir à distance de Thérèse, toujours menottée. Nous sommes tous restés dans la pièce d'en bas, assis autour de la table, sous l'œil d'une fliquesse à l'air vachard et d'un bâton blanc qui attendait que ça se passe. Les autres cherchaient quelque chose. Ils ont cherché partout, dans le dortoir des gosses, les placards de la cuisine, le tambour de la machine à laver, la chasse d'eau, les matelas, partout. J'entendais les bouquins dégringoler de la bibliothèque et je me disais que c'était bien la peine. Ils ont sondé les murs, les plafonds, les planchers, creusé partout où ça sonnait creux. Ils ont violé le tabernacle de maman. À en juger par le regard de la fliquesse, ils auraient ouvert Julius le Chien en deux s'ils avaient pensé y trouver l'objet de leur recherche. (Ces gamines engagées dans la police, tout de même, cette orientation scolaire... et comme ça leur glace l'œil, l'uniforme, et leur crispe la mâchoire un ou deux crans au-dessus des mecs, et plus elles sont mignonnes plus elles se stalagmitent, comme on les dresse, bon sang, une vraie pitié, et tout ce dévoiement à l'insu de la DDASS...) Tandis que Thérèse. regardez Thérèse, la tueuse de maris, l'épousophage, la conjointicide, regardez-moi cette grâce, cette liberté dans le mouvement, le naturel avec lequel elle précède messieurs les enquêteurs, les fait passer de pièce en pièce, s'efface devant eux comme s'il s'agissait de leur louer notre quincaillerie pour d'estivales vacances, à croire qu'elle vante le « cachet » de la baraque, sa commodité pour les familles nombreuses, mais nom de Dieu que lui est-il arrivé la nuit dernière ? qu'est-ce que c'est que cette métamorphose ? qu'est-ce qui t'a déliée à ce point, Thérèse, dis-moi ! Mais elle ne dit rien, pas plus aux flics qu'à nous, juste des moues destinées à nous rassurer, « pas de panique, ne vous en faites pas pour moi, vraiment », jusqu'à ce qu'ils s'en aillent, les mains vides, le visage clos, chou blanc, rien trouvé, fumasses.

Comme ils passaient à ma portée, je n'ai pas pu résister, j'ai bondi vers Thérèse menottée, mais le lieutenant de police Titus s'est interposé, une intervention de flic, sèche et technique, ses pouces dans la paume de mes mains et la torsion arrière de mes poignets :

– Assis !

Le temps de m'en remettre, la porte de la quincaillerie s'était refermée. J'étais assis là, parmi les miens, poings fermés, résolu à tuer. Et j'ai senti quelque chose au creux de ma main droite. Je l'ai ouverte. Un papier est tombé sur la table. Je l'ai déplié. Titus y avait écrit un seul mot : « Gervaise. »

*

Si je rappelle que, dans une autre vie, Gervaise travaillait en qualité d'enquêtrice avec les lieutenants de police Titus et Silistri, que Titus et Silistri avaient été les anges gardiens de Gervaise, j'en dis suffisamment pour décoder le message de l'inspecteur Titus : « Contactez Gervaise », voilà ce que nous conseillait Titus. « Gervaise sait », voilà ce qu'il fallait en déduire.

Je me suis levé.

Julie m'a stoppé :

– D'après toi, combien de flics en civil t'attendent dehors pour te pister jusqu'aux *Fruits de la passion* ?

Hadouch lui a donné raison :

– On est cloué. On peut même pas aller pisser.

Silence.

– Si on envoyait Rachida ? a proposé Simon.

Visiblement, Hadouch n'était pas chaud.

Mo le Mossi a plaidé dans le même sens ·

– Les flics connaissent pas Rachida. Elle sort de son boulot, elle va trouver Gervaise, c'est tout.

Non, Hadouch était contre :

– C'est au retour qu'elle sera grillée. Quand elle viendra nous faire son rapport.

Hadouch ne voulait pas mouiller son cœur dans cette affaire. Il fallait joindre Gervaise autrement.

– On lui téléphone ?

Non, sujet trop grave pour télécommuniquer. Sans doute sur écoute, d'ailleurs, notre téléphone...

– Bon. Qu'est-ce qu'on fait ?

C'est là que j'ai pris les rênes. J'ai fait observer que sœur Gervaise dirigeait une honorable institution à laquelle nous avions confié nos enfants, qu'il était précisément l'heure d'aller les y chercher et qu'aucun flic au monde, en civil ou en uniforme, en planque ou en évidence, ne m'empêcherait de remplir ce devoir familial, qu'il y en avait marre de vivre dans cette paranoïa victimaire – je crois bien avoir dit « paranoïa victimaire », oui, je ne me contrôlais plus tout à fait, j'entamais ma phase héroïque, je tissais une bannière de concepts derrière laquelle j'allais monter à l'assaut de l'« État policier », et tout seul s'il le fallait ! Qu'on me laisse encore fabriquer deux ou trois phrases de ce calibre et j'allais défoncer le quai des Orfèvres au bulldozer pour libérer Thérèse, quitte à prendre le substitut Jual en otage.

Julie a dû sentir l'urgence parce qu'elle a interrompu mon escalade en ouvrant les deux mains :

– Bon, ça va, pas la peine de te mettre dans un état pareil, on y va, on y va...

15

Et nous sommes allés trouver Gervaise aux *Fruits de la passion*. Hadouch, Mo, Simon, Julie et moi.

– Tout compte fait ça tombe bien, a dit Hadouch, Rachida voulait y inscrire son bébé.

Simon a soulevé une objection :

– Mais ce sera pas un fils de pute, le môme de Rachida !

Hadouch a éludé .

– On demandera une dérogation.

– C'Est Un Ange et Monsieur Malaussène non plus ne sont pas des putassons, a fait observer Julie.

– C'est pas ce que je voulais dire, s'est excusé Simon.

Il y avait tant de flics en civil pour nous suivre, et tant de curieux pour suivre les flics, et tout ce monde marchait d'un si bon pas que ça faisait une discrète manifestation. Belleville montait à l'assaut de Pigalle.

Mais, arrivé au métro Père-Lachaise, Belleville rencontra Pigalle qui venait à lui. Gervaise grimpait tranquillement les marches de la station. Elle portait C'Est Un Ange en kangourou et Monsieur Malaussène en chimpanzé. Clara la suivait avec deux sacs à provisions, Verdun à ses basques. Jérémy et le Petit fermaient la marche.

Ne jamais compter sur Gervaise pour emballer la dramaturgie. Elle a juste dit :

– Comme vous étiez en retard, on a décidé de venir nous-mêmes.

Il y eut un moment de flottement, puis la manif a fait demi-tour. J'ai failli présenter mes excuses à la police. Les badauds faisaient la gueule, comme si on les avait privés d'un épisode.

Gervaise désigna Jérémy et le Petit :

– Clara et moi avons rencontré ces deux intellectuels sur la route du retour.

Jérémy et le Petit ployaient sous le fardeau scolaire.

– Thérèse est là ? a demandé Jérémy, en laissant tomber son sac dans l'entrée de la quincaillerie. Elle est réveillée ? Elle est là ?

J'ai refermé la porte. J'ai regardé Julie. J'ai dit que Thérèse était ailleurs.

– Où ça ? a demandé le Petit.

J'ai dit qu'on ne savait pas.

– On la tient plus depuis qu'elle est mariée !

J'ai dit que c'était bien mon avis.

– Alors, la fille de la caravane, c'était qui ? a demandé Jérémy.

– Qui c'était ? a fait l'écho du Petit.

– Vous, occupez-vous de l'intendance, a répondu Gervaise en flanquant C'Est Un Ange à Clara et Monsieur Malaussène à Jérémy.

Elle désigna les hauteurs :

– Nous autres, nous avons à parler.

– Je peux venir ? a demandé le Petit.

– Tu peux surtout mettre la table, a répondu Julie.

– Un couvert de plus, a ajouté Gervaise, je m'invite.

– Trois de mieux, a fait Hadouch, on s'incruste aussi.

– Et on est pointilleux sur le service, a lâché Simon.

– Plutôt, a confirmé le Mossi.

J'ai suivi le mouvement. Nous sommes montés dans notre chambre. Gervaise avait une histoire à nous raconter.

*

Une histoire que l'inspecteur Silistri lui avait confiée au téléphone.

Tradition orale : une histoire qu'elle était chargée de nous transmettre.

Une histoire que nous connaissions bien, à quelques détails près :

La geste de Roberval
dernier comte du nom
Première partie : L'amour

Cela commence par une note exotique. Un Cantonais de Belleville, Zhao Bang, c'est son nom, vient se faire tirer le Yi-king par Thérèse Malaussène. Sa femme l'a quitté, dit-il, Zhao Bang en meurt de dépit, de chagrin, de honte, de fureur et d'impuissance. Perte de l'honneur, de l'appétit, du sommeil, de la dignité, jérémiades, bouteilles de ginseng, errance, ne sait plus qui il est, ne sait plus où il va, jusqu'à ce qu'un ami l'aiguille vers la caravane tchèque d'une Thérèse Malaussène qui dit l'avenir, boulevard de Ménilmontant, là-bas, entre le Père-Lachaise et les frères Letrou, tu vois ? Zhao, tu devrais y aller, je t'assure, elle est formidable ! « *Wo qu !* » (J'y vais !) Thérèse Malaussène reçoit Zhao Bang, l'écoute, lance les baguettes, le rassure, Ziba va revenir (Ziba, c'est le nom de la femme volage), Ziba est peut-être déjà rentrée à la maison, mais oui, que Zhao Bang coure chez lui, que Zhao Bang aille y voir. Zhao Bang court, Zhao Bang va y voir, et Zhao Bang revient avec Ziba, car Thérèse Malaussène ne s'est pas trompée, elle est revenue, la femme adultère, Ziba est revenue !

Première conséquence, la famille Malaussène mange cantonais midi et soir jusqu'à ce que Verdun, Jérémy et le Petit entament une grève de la faim pour la réhabilitation du couscous et du gratin dauphinois.

– C'est vrai, je m'en souviens, je n'avais pas fait le rapprochement.

Deuxième conséquence, une quinzaine plus tard, un grand type venu d'ailleurs, glabre, digne et droit, costume trois pièces, cul rebondi sous

l'impeccable pan de sa veste, attend, devant la
caravane tchèque de Thérèse Malaussène Son
tour venu, il se présente, nom, titre, fonction,
Marie-Colbert de Roberval, énième comte du
nom, conseiller référendaire de première classe, et
dépose devant Thérèse le thème astral d'un frangin dont l'avenir lui soucie. Dit-il. Et pour cause,
puisque l'avenir en question, Charles-Henri, le
frère, l'a suspendu à une poutre de leur demeure
familiale, deux semaines plus tôt. Thérèse dé-
busque le mensonge et prodigue la consolation.
Que Marie-Colbert se calme, son enquête administrative n'y est pour rien, Charles-Henri est mort
par la faute des astres et de l'amour, car l'amour
tue, comme les jeux de hasard : cette certitude
qu'on ne pourra jamais se refaire. Marie-Colbert
en est consolé, un peu. Et embarrassé, beaucoup.
Il tord ses doigts distingués. Il se dandine comme
un jouvenceau. Il demande gauchement s'il pourrait, s'il serait convenable, enfin si Thérèse souhai-
terait le revoir. En consultation ? Aussi souvent
qu'il le voudra, la caravane est ouverte de l'aube au
couchant. Non, pas en consultation, non, discrètement, au contraire, le plus discrètement possible.
Pour quoi faire, alors ? « Le bien », répond Marie-
Colbert de Roberval. Le bien ? Le bien. Non plus
aux proportions d'un quartier de Paris mais à
l'échelle du monde. Du monde ? De la planète,
oui, qui a bien besoin de bien, pauvre planète.

*

Fin de la première partie.

Gervaise fait une pause.

– C'est comme ça que Roberval a recruté Thérèse.

– Recrutée ?

– Sans qu'elle s'en aperçoive, oui. Par l'intermédiaire du couple cantonais.

*

*La geste de Roberval
dernier comte du nom
Deuxième partie : La guerre*

La vie de Thérèse Malaussène change peu. Elle continue d'éclairer l'avenir dans sa caravane. Mais de nouveaux pèlerins se joignent aux anciens : mêmes races, mêmes langues, même variété, même clientèle en apparence... Seulement, aux nouveaux venus, Thérèse ne vend pas de l'avenir, elle vend de l'urgence, clandestinement, médicaments en tout genre, couvertures, tentes, vêtements, infirmeries, blocs opératoires, livres scolaires, crayons, stylos bille, gommes, ambulances, semailles, outils agraires, tout ce qui peut se vendre au nom de la vie en somme...

– Oui, bon, nous savions déjà ça. Et alors ?

Et alors, Thérèse suit les consignes de Marie-Colbert, désormais invisible : telle quantité aux uns, telle aux autres, selon des barèmes et des codes énigmatiques que Thérèse applique sans les comprendre. 223 432 cachets d'aspirine, par exemple, même si l'aspirine se vend en vrac dans les pharmacies du tiers-monde, ce chiffre, à l'unité près, deux cent vingt-trois mille quatre cent trente-deux cachets d'aspirine, aurait mérité un instant de réflexion.

– Pourquoi ?

Gervaise m'a regardé. Elle a hésité. Finalement, elle a abandonné le récit pour passer à l'exégèse.

La geste de Roberval
Analyse de texte

GERVAISE : Parce que si tu remplaces chaque cachet d'aspirine par une mine antipersonnel, Benjamin, tu trouves un chiffre beaucoup plus... parlant.

MOI : .

GERVAISE : Et les stylos bille par des lance-roquettes, et les suppositoires par des missiles sol-air, et les ambulances par des automitrailleuses, et les boîtes d'agrafes par des caisses de munitions...

MOI : ...

GERVAISE : ...

MOI : ...

GERVAISE : ...

HADOUCH : Alors, comme ça, Thérèse fourguait de l'armement en croyant faire dans la pharmacie...

GERVAISE : Et elle touchait son pourcentage dans une banque suisse de la Bahnhofstrasse, à Zurich.

JULIE : *Son* pourcentage ?

GERVAISE : Sur un compte ouvert à son nom par Marie-Colbert, oui.

Bon, ça va comme ça, j'ai compris. Thérèse Malaussène ou la couverture idéale : un trafic d'armes prend sa source dans la roulotte d'une cartomancienne qui croit donner de bonne foi dans la charité universelle ; l'argent tombe dans un coffre suisse, à son nom ; si l'affaire est découverte, le conseiller Roberval reste blanc comme neige. Thérèse Malaussène ? Connais pas. Zhao Bang ? Quel Zhao Bang ? Ziba ? Quelle Ziba ? Recrutée ? Quel recrutement ?

Mais ce mariage, alors ? Pourquoi l'a-t-il épousée ?

MOI : Et le mariage ? Pourquoi l'a-t-il épousée ?

GERVAISE : Pour récupérer l'argent. Roberval a laissé passer le temps qu'il fallait. Quand il a jugé les gains suffisants et constaté qu'aucun danger ne se profilait à l'horizon, il a épousé Thérèse, sous le régime de la communauté universelle, et il l'a emmenée à Zurich pour récupérer l'argent.

JULIE : En s'offrant au passage une auréole média-
tique de parfait humanitaire.

GERVAISE : Oui.

JULIE : Décidément, cette famille est exemplaire.

En dépit des circonstances il y avait de l'excitation dans la voix de Julie. Un sourire profond. Gervaise venait de lui offrir le dernier chapitre de sa
monographie Roberval, le chapiteau de l'édifice.

GERVAISE : ...

MOI : ...

GERVAISE : À Zurich, Marie-Colbert a tout réa-
lisé en liquide. Deux valises pleines. Des dollars en
grosses coupures. C'est cet argent que le substitut
Jual cherchait ici, cet après-midi.

SIMON : Parce qu'on soupçonne Thérèse d'avoir
refroidi son mec pour récupérer la thune ?

GERVAISE : On la soupçonne du meurtre et
l'argent a disparu.

Dieu sait qu'elle était soupçonnable ! Que fai-
sait-elle cette nuit-là, rue Quincampoix, à courir
comme une folle vers un taxi, un baluchon à la
main ? Quant aux mobiles, il n'y avait qu'à se bais-
ser : frustration, sentiment de trahison, revanche
du bien sur le mal, et vengeance, aussi, tout simplement, vengeance de femme bafouée...

GERVAISE : ...

MOI : ...

GERVAISE : ...

JULIE : ...

HADOUCH : Comment s'appelait-il, déjà, le Cantonais recruteur ?

GERVAISE : Zhao Bang

150

Hadouch a tourné la tête. Mo et Simon se sont levés.

LE MOSSI : Zhao Bang ?

SIMON : Bon.

Ils sont sortis. Gervaise a écouté leurs pas décroître dans l'escalier, puis elle a dit :

– Il y a tout de même une petite chose en faveur de Thérèse.

Tout de même...

– Le témoignage d'Altmayer, leur intermédiaire suisse.

MOI : ... ?

GERVAISE : C'est un agent de la DST. Infiltré dans l'équipe Roberval via la banque suisse. D'après lui Thérèse est parfaitement innocente. Dans tous les sens du mot.

HADOUCH : Un peu conne, quoi.

GERVAISE : Sur le registre de l'argent, au moins. Quand il l'a vue signer la clôture des comptes sans lire les papiers, sans même s'apercevoir qu'il s'agissait d'argent, il a compris que l'importance du moment lui échappait. D'après lui, elle était toute au bonheur de son mariage, très gaie, pressée d'en finir avec ces formalités concernant les bonnes œuvres de son mari. Il témoignera dans ce sens.

MOI : C'est toujours ça.

GERVAISE : Restent deux ou trois choses embêtantes.

La première étant qu'on avait retrouvé le cadavre de Marie-Colbert en chaussettes. Or le conseiller référendaire n'était pas homme à se balader en chaussettes. Sauf devant une intime, peut-être. Une trentaine de paires de chaussures dans son armoire et son cadavre en chaussettes. L'assassin était un familier. Premier point. Deuxièmement...

MOI : ...

GERVAISE : Il avait un billet d'avion dans sa poche. Il devait s'envoler deux heures plus tard. Seul. Pour les Seychelles. Allait-il y rejoindre quelqu'un ? Une femme ? De là à penser à un crime de la jalousie...

HADOUCH : Il suffit d'une imagination de flic.

MOI : Ce qui leur fait un mobile de plus.

GERVAISE (hésitante) : Autre chose encore. Très troublant... Il souriait.

JULIE : Comment ça, il souriait ?

GERVAISE : Oui, mort, il souriait. Un air de franche gaieté, même. Un reste d'hilarité sur le visage.

MOI : Comme Thérèse depuis cette nuit-là, c'est ça ?

GERVAISE : Le fait est que, vu les circonstances, les enquêteurs ne s'expliquent ni la joie du mort ni la jubilation de Thérèse. Mais ce n'est pas le plus gênant...

Ici, Gervaise s'est offert une petite hésitation. La pause discrètement agitée de l'embarras.

– Benjamin, je suis embêtée de te demander ça, mais penses-tu que Thérèse pourrait avoir une liaison avec un homme marié ?

Nous nous sommes tous regardés. Thérèse ? Liaison ? Homme marié ? Antinomies ! Gervaise a secoué la tête :

– C'est aussi mon avis et c'est bien embêtant.

– Pourquoi ?

- Parce que, quand on lui demande ce qu'elle faisait à l'heure du crime, elle affirme qu'elle faisait l'amour. C'est son seul alibi.

– Avec qui ?

– C'est ce qu'elle refuse de dire. Elle dit qu'il y va de l'honneur de quelqu'un. C'est tout ce qu'on peut en tirer. Elle est prête à passer sa vie en prison pour préserver l'honneur en question, et joyeusement ! Titus et Silistri sont furieux.

J'ai toujours été sensible au silence. Celui qui venait de s'installer était un des plus chargés de ma collection. J'ai lentement tourné la tête vers Hadouch. Et Hadouch a lentement écarquillé les yeux : Comment ? Le suspecter ? Moi ? Lui ? avec Thérèse ? Qu'il a vue naître !

Je lui ai rendu son regard au carré : Quoi ? Me soupçonner de le suspecter ? Moi ? Lui ? Mon frère de toujours !

Il a poussé un grognement.

Je l'ai fusillé du regard.

Dont acte.

Gervaise a conclu :

– Voilà. Il ne vous reste plus qu'à trouver l'homme marié avec qui Thérèse faisait l'amour cette nuit-là. Vous avez quarante-huit heures. Passé le délai de garde à vue, elle sera déférée au juge d'instruction.

VIII

Où l'on cherche
la vérité
sans éluder la question
de la torture

16

Trouver l'homme à qui Thérèse s'était donnée pendant qu'un autre l'enveuvait… Facile à dire. Je m'y suis mis dès l'aube du lendemain, sans savoir où commencer. Fallait-il soupçonner une autre passion politique ? Un autre Roberval, respirant à ces altitudes où l'honneur de l'homme commande l'incarcération de la femme ?

– Ça s'est déjà vu, dit Julie. Je vais chercher de ce côté. Toi, Benjamin, occupe-toi du reste.

Quel reste ? Les amis auprès de qui Thérèse se serait réfugiée, cette nuit-là ? Qui ? Marty, le toubib de la famille qui la suit depuis le berceau ? Le chirurgien Berthold, qu'elle divinise parce qu'il m'a ressuscité ? Le Postel-Wagner de Gervaise, qui a mis Monsieur Malaussène au monde ? L'inspecteur Caregga, à qui je dois au moins trois vies ? Ces amis irréprochables auraient profité de la situation pour… Thérèse ?… non ! Pourquoi pas Loussa de Casamance, tant qu'on y était, le vieil Amar ou Rabbi Razon ? Et puis, enquêter… comment s'y prend-on pour enquêter ? Le téléphone ? « Allô,

Marty ? Bonjour, c'est Malaussène, dites-moi, vous n'auriez pas couché avec ma sœur Thérèse dans la nuit de lundi à mardi ? Oui, lundi/mardi, essayez de vous souvenir, c'est important... Non ? Sûr ? Bon. » À moins de jouer au flic, de dresser les suspects les uns contre les autres · « Bonsoir, Berthold, c'est Malaussène, d'après vous, avec qui Thérèse aurait-elle pu passer la nuit du... ? » Non, j'entends d'ici la réponse de ce distingué salopard : «Voyez du côté de Marty, Malaussène, moi, vous me connaissez, je suis franc comme l'or et question plumard ma femme vaut quinze de vos frangines, c'est une vraie pro, elle ! »

Non, je ne pouvais pas. Le soupçon n'est pas mon fort. Si l'humanité m'est suspecte dans son ensemble, j'ai toujours fait crédit aux particuliers.

Et puis, il y avait une difficulté majeure : il fallait, avant toute chose, convaincre mes interlocuteurs que Thérèse avait couché avec quelqu'un. Absolument inconcevable, pour qui la connaissait.

Notre sœur Louna, par exemple, que j'ai appelée à la permanence de son hôpital :

—Thérèse ? L'amour ? Et joyeusement ? Tu rigoles, Benjamin ?

Louna avait admis toute l'histoire comme allant de soi : le retour de Thérèse au lendemain de ses noces, la caravane en flammes, la transition par l'urne tiède, le coup de la résurrection, tout cela ressemblait à Thérèse, pas de problème, on était dans la norme. La métamorphose de Marie-Colbert en trafiquant d'armes ne l'étonna pas davantage, sa mort tragique et l'arrestation de Thérèse portaient le sceau de la tribu Malaussène, un épisode parmi d'autres dans la saga familiale, pas de quoi s'étouffer au téléphone. Mais Thérèse au pieu avec un mec, non.

– Bon Dieu, Louna, puisque c'est ce qu'elle dit à la police ! Tu sais bien qu'elle ne ment jamais.

– Elle veut peut-être suggérer une autre vérité.

– La seule vérité de rechange, c'est l'assassinat de Marie-Colbert. Louna, tu imagines Thérèse débalustrant Marie-Colbert ?

– Thérèse est inimaginable, Benjamin.

– Merci, ça m'aide...

Suivit un de ces silences où chacun creuse de son côté.

– Va savoir ce que Thérèse appelle « faire l'amour », reprit enfin Louna. Tu la connais, dès qu'il s'agit de cœur ou de cul elle donne dans la métaphore.

C'était vrai. Trop vrai. Ça ne faisait qu'élargir le champ des investigations.

– Je suis désolée, Ben... Je ne peux vraiment pas t'aider. Tu sais bien que Thérèse ne m'a jamais rien confié ! Ni toi, d'ailleurs.

Le genre de reproche qui ne s'arrête jamais là avec Louna, quand elle est fatiguée ou en rogne contre son mari.

– Bon, Louna, il faut que je raccroche, excuse-moi de t'avoir dérangée, tu dois avoir du boulot par-dessus la tête...

– Écoute, avant de raccrocher.

On ne se sort pas comme ça des sables fami-
liaux. Je me suis assis pour écouter le lamento de
Louna :

– Je t'écoute.

– Ce serait bien la première fois !

Pour une raison que j'ignore, Louna ne s'est
jamais sentie vraiment aimée, déficit qui lui nuit
beaucoup dans son mariage avec Laurent.

– D'ailleurs, personne n'a jamais pu se confier à
personne, dans cette famille. Surtout pas à toi,
Benjamin. Toujours occupé ou toujours ailleurs,
même quand tu étais là. On se débrouillait comme
on pouvait : Clara avait son appareil photo, Thérèse avait ses étoiles, maman ses amours, le Petit
ses cauchemars, Jérémy ses colères et moi...

Faire la planche sur le marasme de Louna, ne
pas m'enfoncer avec elle.

– Louna...

– Je sais, je sais, c'est pas le moment de geindre,
je sais !

– Ce n'est pas ce que je voulais dire.

– Ça tombe bien, je ne voulais pas geindre. Je
voulais juste te donner un conseil.

Bord de larmes. On hésite. On renifle. On
s'avale. Et on y va :

– Benjamin, la seule personne qui puisse t'aider,
c'est Théo. Théo a toujours été notre confident,
depuis toutes petites. Théo a toujours été à
l'écoute, lui, toujours présent, même quand il
n'etait pas là. Je peux bien te le dire maintenant,
quand tu nous empêchais de sortir le soir et qu'on
faisait le mur, c'est Théo qu'on prévenait, on lui

disait où on allait, pour le cas très improbable où tu te serais inquiété. Et d'ailleurs, réfléchis : à qui Thérèse s'est-elle confiée quand elle a rencontré Marie-Colbert ? À toi ? Qui est-elle allée trouver en premier ? Toi ?

Non, Théo, c'était vrai : Théo. « Je suis la vieille tante à qui on dit tout et qui ne répète rien. » Théo, bien sûr ! Comment n'y avais-je pas pensé plus tôt ? Si Thérèse avait couché avec quelqu'un d'autre que Marie-Colbert, Théo était dans la confidence, bien entendu, Théo savait avec qui !

J'ai raccroché en douceur, j'ai assuré Louna de mon amour et de son génie : Tu es géniale, Louna, Théo, évidemment, et j'ai sauté dans le métro en gueulant que j'allais chez Théo, que si quelqu'un « demandait après moi » j'étais chez Théo, mon vieil ami Théo, qui, pendant toutes ces années où je m'étais cassé le cul à raisonner cette tribu de cinglés, avait couvert leurs frasques au nom de sa tolérance, l'aimable tonton Théo qui se taillait l'auréole de l'oncle compréhensif quand j'héritais la réputation du frangin tyrannique, Théo qui pigeait tout quand je n'entendais rien, tellement « à l'écoute », tonton Théo, tellement « présent » comparé au grand frère autiste, si lucide l'oncle Théo, pensez donc, qu'il avait donné sa bénédiction au mariage de Thérèse avant tout le monde, si gigantesquement clairvoyant qu'il avait jeté Thérèse dans le plumard d'un marchand de canons, à ce point perspicace qu'il avait envoyé Thérèse faire un enfant avec un distributeur de préservatifs ! Et s'il avait fait ça, oncle Théo, il était forcément au courant de la suite, et moi j'étais on ne peut plus impatient de la connaître, la suite, le choix du deuxième mari de Thérèse, l'inséminateur de choc, le génie de la consolation immédiate...

J'ai rejailli à Rambuteau, j'ai traversé en courant la diagonale Beaubourg, Julius le Chien me filant le train comme il pouvait, j'ai grimpé quatre à quatre l'escalier du numéro 3 de la rue aux Ours, et j'ai cogné sans interruption à la porte de Théo jusqu'à ce qu'elle s'ouvre.

Quand elle s'est ouverte, j'ai chopé Théo aux épaules, je l'ai plaqué contre le mur et j'ai gueulé une phrase dûment remâchée pendant tout le trajet :

– Où est le fils de pute qui a baisé Thérèse la nuit dernière et qui la laisse croupir en taule ?

*

Mais Théo n'était pas en état de me répondre. Julius le Chien et moi avons même eu peur pour lui. Théo se tenait devant nous, blême, les yeux au fond du crâne, flageolant, amaigri, cassé, tout en angles. On aurait dit Thérèse avant sa métamorphose. Tellement amorti que j'ai failli redescendre chercher le corps médical. Je l'ai lâché. J'ai demandé :

– Théo, ça va ?

Il a glissé le long du mur sans pouvoir me répondre. Il n'avait même pas l'air de savoir qui nous étions. Je l'ai redressé, je l'ai appuyé contre le chambranle de la porte refermée, et j'ai fait deux pas dans l'appartement, Julius dans mes jambes, qui n'en menait pas large. Une autre voix s'est traînée jusqu'à nous.

– Qui est-ce, mon chou ?

Une voix qui n'avait pas l'air en meilleur état que Théo... le dernier souffle d'une voix, en fait. J'ai regardé autour de moi et je n'ai rien vu. Les rideaux étaient tirés sur des fenêtres aux stores baissés. Les volets extérieurs ajoutaient à l'obscurité, et la pensée idiote m'est venue que la nuit *s'accumulait* dans cette pièce depuis une sorte d'éternité. C'est alors que l'odeur m'a saisi. Une touffeur musquée qui faisait la matière même de cette nuit. Ce n'était pas tant qu'on n'y voyait rien, c'était qu'on ne respirait pas. Ou plutôt, l'air que je respirais l'avait été tant de fois avant mon intrusion que je suffoquais, en pleine nuit, d'une intimité qui n'était pas la mienne... précipité au fond d'une matrice qui n'était pas celle de ma mère !

– Théo, mon grand, tu viens ?

Nom de Dieu...

Pas besoin d'être devin pour savoir à qui appartenait cette voix inconnue... « *Deux jours et deux nuits dans les bras d'Hervé. Marie-Colbert a tenu à lui offrir un week-end dans mon lit.* » ... Et voilà, me dis-je, c'est tout toi, Malaussène : t'inquiéter de la santé de Théo alors que, depuis deux jours et deux nuits, monsieur s'envoie en l'air avec l'amour momentané de sa vie ! Deux jours et deux nuits que monsieur touche le salaire d'une robe de mariée, quand la mariée en question a failli être brûlée vive, qu'elle a été arrêtée, menottée, jetée en prison, et qu'un outsider l'a engrossée au passage !

J'ai tiré les rideaux, j'ai fait sauter les stores (deux longues paupières de latex violet qui battirent des cils en s'enroulant sur leur axe), j'ai ouvert les fenêtres, j'ai fait claquer les volets, Théo a rejoint Hervé sous les draps et la scène s'est figée dans l'aveuglement du jour.

– Qui c'est, ce type, a demandé Hervé en se protégeant les yeux, un jaloux ?

Il ne croyait pas si bien dire. À les voir dans leur lit, exténués par quarante-huit heures de démence amoureuse, les cheveux collés en boucles sur leurs fronts brillants, cette lueur idéale au fond de leurs orbites, le cœur palpitant à leurs tempes, j'ai pensé à Julie... Je l'avais tellement mal aimée depuis la formation du copronuage au-dessus de ma tête ! Jaloux donc j'étais, oui, du record que ces deux-là croyaient avoir établi, comme si Julie et moi n'étions pas capables de perdre douze kilos en deux jours, jusqu'à sentir nos corps peser des tonnes ! Comme si nous ne savions pas nous aussi éparpiller dans notre piaule dix fois plus de fringues que nous n'en avions sur le dos ! Comme si nous n'avions jamais cimenté nos draps de plaisir et saturé l'air de ce que nous sommes ! Comme si nous n'avions pas l'intention de nous tuer d'amour, nous aussi ! Comme si nous avions jamais envisagé une autre fin...

Jaloux donc, de ces deux amateurs et, tant que j'y étais, jaloux du plaisir qui gonflait le sourire de Thérèse, jaloux de l'anonyme salopard qui se planquait quelque part en laissant ma sœur cuver toute cette volupté en prison.

J'ai jeté une poignée de vêtements à Théo, puis j'ai fait le tour de sa cuisine américaine.

– Habille-toi et réponds à mes questions par oui ou par non.

J'ai posé une cafetière turque sur le feu, bien décidé à la lui faire boire par les narines s'il le fallait, et j'ai entamé mon interrogatoire.

Ça faisait plus de quarante-huit heures que ces deux-là baisaient comme des perdus, oui ou non ?

– Oui.

Théo ne savait donc pas que Thérèse avait été mise en taule ?

– Non.

Ni qu'elle était enceinte ?

– Enceinte ? Si vite ? s'écria Théo.

- Mais c'est merveilleux ! s'exclama Hervé.

L'eau saturée de sucre s'est mise à bouillonner dans la cafetière. J'ai respiré profondément et j'ai dit, le plus calmement possible :

–Théo, réponds-moi par oui ou par non et demande à monsieur de ne pas interférer.

– Hervé, a dit Hervé.

– À Hervé de ne pas interférer.

– Il faut le comprendre, Ben, c'est important, pour nous, la question des bébés...

J'ai explosé. J'ai hurlé que j'avais d'autres priorités, que Thérèse était en cabane, que la nuit du meurtre elle faisait l'amour avec un salaud qui ne se manifestait pas, que, Théo ayant toujours été l'oncle des confidences, il lui appartenait de se

creuser la cervelle, de trouver le nom de celui qui
avait engrossé ma sœur, de me le faire savoir dans
les meilleurs délais, afin que je chope cet enfoiré et
que je l'emmène à coups de pompe dans le train
jouer son rôle d'alibi dans le bureau du substitut
Jual. Compris ?

Il fit signe qu'il avait compris.

– Alors bouge ton cul ! Tu n'as plus qu'une
demi-journée avant qu'on la refile au juge d'instruction !

17

Je suis redescendu en quatrième vitesse et j'ai chopé un taxi au vol. J'avais hâte de retrouver la quincaillerie, pour le cas où Thérèse s'y serait matérialisée une deuxième fois en mon absence. Julius le Chien connaît la musique. S'il veut être admis dans un tacot, il faut qu'il se planque jusqu'à ce que j'en ouvre la portière et qu'il m'y précède d'un bond. Quand le chauffeur l'aperçoit avant de s'arrêter, il remet les gaz et disparaît à l'horizon comme s'il avait sa conscience aux trousses. Mais si Julius réussit son coup, il nous assure l'itinéraire le plus court, le plus rapide et le plus silencieux. Pas question de balader le chaland avec Sa Pestilence dans la bagnole. Et pas question de râler contre le métier qui n'est plus ce qu'il était, les clients qui croient s'y connaître en itinéraires, les femmes qui conduisent comme des femmes, les pédés qui prétendent au mariage, les bougnoules qui nous trouent notre sécu, les niacoués qui colonisent Belleville, la nuit qui devient un coupe-gorge – et vivement l'avènement de

Martin Lejoli ! La récitation de ce chapelet exige qu'on reprenne son souffle, or Julius le Chien s'y oppose, en toute majesté.

Thérèse n'était pas à la maison.

Je me suis fait un café et j'ai appelé Gervaise aux Fruits de la passion. Elle n'avait rien de rassurant à m'annoncer. D'après Silistri, Thérèse sombrait lentement mais sûrement sous la ligne du soupçon. Non seulement elle ne lâchait pas le nom de son alibi, mais sa bonne humeur passait pour un cynisme satisfait. Le substitut Jual commençait à la soupçonner d'avoir foutu le feu elle-même à sa caravane.

– Quoi ?

– C'est ce que Silistri vient de m'annoncer au téléphone, oui.

– Pourquoi aurait-elle fait ça ?

– Par jalousie, Benjamin, pour éliminer une rivale.

– Une rivale ? Quelle rivale ?

Toute la question était là. La police avait fait une grosse boulette en incinérant ce cadavre de femme, l'autre nuit. Tout le monde s'était tellement persuadé qu'il s'agissait de Thérèse... Plus moyen d'identifier le corps désormais. Seulement voilà, dans l'enquête qu'ils menaient autour de Marie-Colbert, Titus et Silistri avaient voulu interroger la belle-sœur du conseiller référendaire, la veuve de Charles-Henri, le pendu. Et ils n'avaient pas trouvé de belle-sœur. Disparue. Depuis la veille.

– Et tu sais ce que Thérèse répond, quand on lui demande si elle soupçonnait une liaison entre Marie-Colbert et cette femme ?

Qu'est-ce que tu as répondu, Thérèse, bon Dieu, qu'est-ce que tu as *encore* répondu ?

– Elle leur répond qu'elle ne peut rien leur répondre, que, s'il y avait liaison, le secret en appartenait à Marie-Colbert et à cette femme, que l'intimité est notre dernière valeur, et qu'il ne faut pas compter sur elle pour violer le secret de l'intimité.

Oh ! Thérèse... Thérèse... Thérèse et ses principes... Thérèse et sa raison... Comme s'il importait d'avoir raison dans un interrogatoire ! Comme si les examinés étaient là pour faire la morale aux examinateurs !

– Le substitut Jual est presque persuadé que Thérèse a donné rendez-vous à sa belle-sœur et qu'après l'avoir brûlée vive elle est allée régler son compte à Marie-Colbert.

– Ce qui nous donne deux meurtres pour le prix d'un.

Double préméditation, oui, deux meurtres aggravés. Titus et Silistri sont fous de rage mais complètement impuissants. Thérèse les déconcerte. Elle voudrait couvrir quelqu'un qu'elle ne s'y prendrait pas autrement.

*

Sauf qu'elle ne veut couvrir personne. Elle se contente de dire la vérité, comme toujours, la vérité qui n'a jamais fait le poids contre un bon alibi, sur la balance de la justice.

J'ai raccroché, je suis resté assis près de la cafetière et du téléphone, et je me suis mis à penser à l'alibi. Voyons, pensons. Qui est ce type ? Ne raisonnons pas, pensons. Foin de logique, pensons l'amour en termes d'amour. Ce type avait à ce point métamorphosé Thérèse qu'il ne pouvait pas en être sorti indemne. Cette nuit avait dû le chambouler, lui aussi. Remontons le cours du temps, imaginons Julie dans la position de Thérèse et Malaussène dans celle de l'alibi. Parce que ç'avait été une fameuse renaissance, aussi, ma première vraie nuit avec Julie ! Un Quattrocento de l'âme et du corps ! Dès mon réveil je m'étais jeté sur le téléphone et nous avions remis ça. Parfaitement, l'amour au téléphone ! Toutes les techniques sont bonnes en période de renaissance. Supposons que l'alibi n'ait rien su de l'arrestation de Thérèse, est-il pensable qu'il ne l'ait pas appelée ? Est-il imaginable que Thérèse lui ayant tout donné d'elle ait négligé d'y joindre son adresse et son numéro de téléphone ? Réponse : non. Conclusion : il a appelé. Sueur froide : il a appelé ce matin dans la quincaillerie vide. Il a appelé pendant que Clara conduisait les petits aux *Fruits de la passion*, que Julie enquêtait de son côté, que le Petit et Jérémy se cultivaient dans leur bahut et que je faisais le matamore chez Théo. Aucun doute possible : l'alibi avait téléphoné. J'entendais ses quatre-vingts sonneries perdues comme si la quincaillerie en résonnait encore. Il avait téléphoné, évidemment ! Il ne savait pas que Thérèse était embastillée et il l'avait appelée dans l'impatience de remettre ça,

170

par téléphone s'il le fallait. Et s'il l'avait appelée, il allait la rappeler. C'était imminent.

Je me suis mis à fixer le téléphone jusqu'à ce qu'il devienne immatériel à force de présence. Et puis, je me suis dit que, si Thérèse avait filé son adresse à ce mec, il pouvait aussi bien débouler d'une seconde à l'autre, que la porte allait s'ouvrir en coup de vent, qu'il allait surgir et se propulser d'instinct jusqu'à la couche de son aimée.

Je n'ai plus lâché la porte des yeux pendant les deux heures qui ont suivi.

Quand elle s'est enfin ouverte, j'ai bondi sur mes pieds.

Ce fut la première fois que l'apparition de Julie me causa comme une déception.

Elle a haussé les sourcils :

– Qu'est-ce qu'il y a ? Tu as du nouveau ?

Je me suis laissé retomber. Rien de nouveau, non.

– Et toi ?

Pas davantage. Julie avait enquêté auprès des gueules politiques repérées dans le film du mariage. Elle était tombée sur deux sénateurs trop amortis pour qu'on pût espérer d'eux la moindre renaissance et sur un ancien ministre qui avait beaucoup écouté les téléphones des autres mais n'avait jamais rien confié d'intime au sien. Ils étaient raisonnablement attristés par le décès de leur collègue Roberval et s'ils s'intéressaient au sort de son épouse, c'était en qualité de suspect numéro un. Une diseuse de bonne aventure... On pouvait tout attendre d'une femme interlope.

Julie avait alors songé à l'équipe de télévision. Thérèse y avait peut-être développé une passion dans l'excitation du tournage. Rien non plus de ce côté-là. Juste le sourire charmant d'un cameraman « pas mal du tout » qui s'était déclaré prêt à tourner une nouvelle version du mariage, avec Julie en robe étoilée et lui-même dans le smoking du marié.

Un soupçon de gratitude flottait dans la voix de Julie, qui n'est pas femme à négliger les compliments. Il ne me manquait plus que cette morsure pour me sentir tout à fait en forme. La chose n'a pas dû lui échapper parce que Julie s'est coulée contre moi.

– Qu'est-ce qu'il y a, Benjamin, ça ne va pas ?

Sa voix soufflait un sable chaud qui hérissa le grain de ma peau.

– Benjamin, Benjamin, si je devais baiser tous les hommes de la terre, c'est à toi que je confierais ce rôle unique.

Ce qu'elle se proposa aussitôt de faire en se glissant sous mon pull. L'heure de la revanche avait sonné. Théo, Hervé et tous les autres pouvaient retourner à l'entraînement, leurs records allaient être pulvérisés.

Nous étions en plein échauffement, quand la sonnette a retenti.

– Merde.

Oui, mais vu les circonstances nous ne pouvions pas nous permettre de ne pas ouvrir.

C'était la petite Leila, la dernière-née des Ben Tayeb.

– Qu'est-ce qu'il y a, Ben, tu as chaud ?

Je me demande parfois d'où me vient cette réputation d'aimer les enfants.

– C'est Hadouch, a enchaîné Leila. Il dit qu'il
faut que tu viennes tout de suite. Il dit qu'il a une
surprise pour toi.

18

J'ai pris la main de la gamine et nous avons laissé Julie en faction à la quincaillerie. Les flics en civil ont replié leurs journaux et Belleville a de nouveau suivi le mouvement.

— C'est chez grand-père, expliquait Leila en tatanant les pigeons, c'est à la cave !

J'ai toujours redouté ces invitations dans la cave du Koutoubia.

— Bonsoir, mon fils, ça va ?

Le vieil Amar torchonnait derrière son zinc.

— Ça va, Amar, et toi, ça va ?

Il me souriait dans le brouillard des narguilés.

— À la grâce de Dieu, mon petit, ça va.

Rester le plus longtemps possible à la surface des choses. La cave du Koutoubia est un lieu de noire vérité.

— Et Yasmina, ça va ?

Les dominos claquaient sur les tables. L'air sentait le miel et l'anis.

— Ça va, mon petit. Elle te bénit.

Puis, comme j'ouvrais de nouveau la bouche :

– C'est à la cave.

Je l'ai refermée. J'ai hoché la tête. Amar avait raison, il y avait urgence. J'ai fait le tour du comptoir. Il a soulevé la trappe et j'ai plongé dans la vérité.

Je peux en témoigner aujourd'hui, la vérité ne ressemble à rien. En tout cas, celle que Hadouch me proposa ce jour-là, tassée entre les casiers à bouteilles, effondrée sur les tessons, n'était pas regardable.

–T'inquiète pas, Ben, on lui a laissé assez de dents pour faire sa déposition, et assez de doigts pour la signer.

Dieu de Dieu...

J'ai eu juste la force de demander :

– Qui est-ce ?

Hadouch, Mo et Simon paraissaient fatigués. Leurs manches de pioche pesaient lourd, au bout de leurs bras.

– Un coriace.

– On l'a un peu attendri.

– On y a passé la nuit, mais on l'a attendri.

Qui était-ce, bon Dieu ?

Simon s'est accroupi :

–Tu dis à Benjamin qui tu es, d'où tu viens, ce que tu as fait.

Simon souriait. Avec cet espace entre les incisives – les dents du Prophète – qui lui avait toujours fait le visage innocent :

–Tu lui dis tout, d'accord ?

La vérité hocha ce qui devait être sa tête.

–T'oublies rien. On écoute, nous aussi. Comment tu t'appelles ?

Des lèvres comme des chambres à air produisirent un chapelet de bulles rosées, mais je n'ai pas compris le nom prononcé.

– Zhao Bang, a traduit Mo le Mossi.

– Le Cantonais recruteur de Thérèse, a précisé Hadouch. L'âme damnée de Marie-Colbert. Le mari de Ziba, si tu préfères. Le domestique amoureux. Zhao Bang et Ziba, les Tristan et Iseut du Yi-king, tu vois ?

Je voyais.

– On l'a trouvé au Mah-Jong, dans l'arrière-salle, il flambait.

– En dollars.

– D'où venaient les dollars ? a gentiment demandé Simon à Zhao Bang. Dis à Benjamin d'où venaient les dollars.

Les chambres à air se sont remises à gargouiller.

– De Roberval, a traduit Simon.

– Et il t'avait payé pour ?

Éliminer Thérèse. C'était dans la droite ligne de ce que Gervaise nous avait appris. Marie-Colbert avait chargé Zhao Bang de recruter Thérèse, puis de l'éliminer le moment venu. Zhao Bang avait misé sur le feu. Il suffisait de piéger la caravane. On penserait à l'explosion d'une bouteille de gaz, un accident. Seulement, il y avait eu un contretemps. Quand il avait vu Thérèse pénétrer dans son sanctuaire, Zhao Bang avait couru chercher Ziba, sa femme, pour qu'elle livre la bombe, dans un panier de riz gluant. Entre-temps, Thérèse était ressortie avec son baluchon et Ziba était entrée dans une caravane vide.

– Tu ne savais pas que la caravane était vide, hein ?

Non, fit la tête de Zhao Bang, il croyait que Thérèse y était encore.

– Et tu as fait péter la bombe à distance.

Oui. Il avait un petit boîtier pour ça.

– T'as voulu faire d'une pierre deux coups, en somme.

En somme, oui, c'est ce que Zhao Bang avait voulu faire. Éliminer Thérèse par contrat et Ziba par dépit. Zhao Bang était réellement jaloux de sa femme. Ziba le rendait dingue. C'était la part de vérité initiale.

– Le facteur humain, commenta Hadouch.

– Un gars des P et T, en l'occurrence, expliqua Mo. Zhao soupçonnait sa femme de se faire sauter par un postier de Ramponneau. Zhao, c'est ça ?

Zhao Bang confirma que c'était ça.

Silence.

Bon, un problème résolu. Thérèse blanchie pour l'incendie de la caravane et la victime identifiée. C'était déjà ça.

La rumeur du Koutoubia s'installa, sur le souffle d'un parlophone. Hadouch restait toujours branché avec la surface. On entendait clairement les joueurs de dominos s'engueuler et les clients passer commande.

– Et un couscous merguez ! glapit le vieux Semelle.

– Comme au théâtre, sourit Hadouch. Les coulisses écoutent la salle. Ici aussi, c'est la Comédie-Française.

Restait l'assassinat de Marie-Colbert. Vu l'état de l'interviouvé, j'ai hésité à poser la question. Mais, au point où nous en étions, j'ai fini par demander :

– Et Marie-Colbert ? Ce n'est pas lui qui aurait...

Hadouch a complété :

– Refroidi Marie-Colbert ? Zhao Bang ? Pour se barrer avec la thune, par exemple ? C'est la première question qu'on lui a posée, tu penses bien. On travaille un peu pour nous aussi. On n'est pas que des philanthropes. Non, ce n'est pas lui. Nous avons beaucoup insisté sur ce point, mais ce n'est pas lui. Hein, Zhao Bang ?

Zhao Bang fit non de la tête.

– Tu vois...

Mo le Mossi apporta une précision :

– Par contre, c'est lui qui a pendu l'autre Roberval.

Pardon ?

Simon, toujours accroupi, demanda :

– Zhao, Charles-Henri, c'est bien toi qui l'as...

Geste.

Oui, et là aussi sur contrat de Marie-Colbert. Un nouveau chapitre pour la monographie de Julie. Charles-Henri avait mis le doigt sur le trafic d'armes de Marie-Colbert. Charles-Henri était contre. Charles-Henri menaçait son frère de porter l'affaire devant le garde des Sceaux. Charles-Henri de Roberval voulait rompre avec la tradition, débarbouiller le nom, désinfecter le blason, être le premier Roberval fréquentable. Oh ! pas un bienfaiteur de l'humanité, non, rien qu'un élu honnête, il fallait un début à tout. Charles-Henri avait toujours été un original, affecté d'un vrai sens du bien public. Le premier de toute la lignée. Un dévoyé, en somme. Marie-Colbert en avait été peiné. Pas de ça dans la famille.

Nouveau silence.

Cette déception qui suit presque toujours la découverte de la vérité... Les mobiles sont si peu variés... Et notre curiosité si vite comblée... C'est toute la monotonie du crime. J'ai regardé Zhao Bang. Combien de types faudrait-il que je mette dans cet état pour savoir avec qui Thérèse avait passé la nuit ? Décidément, la vérité n'était pas dans mes moyens.

– À propos, tu as du nouveau pour l'alibi de Thérèse ?

Non de ma tête.

– Tu veux qu'on s'en occupe ? a proposé Mo en débouchant une bouteille de sidi.

La recherche de la vérité leur avait donné soif. Que je leur file seulement le feu vert et ils étaient prêts à transformer l'amant inconnu de Thérèse en hachis Parmentier. J'ai décliné.

– Comme tu voudras.

– C'était de bon cœur.

La bouteille tourna. Là-haut, quelqu'un mit une pièce dans le Scopitone qui lança une longue plainte. Un invisible voile ondoya dans la cave. C'était la voix d'Oum Kalsoum. De mémoire de client on n'avait jamais entendu un autre chant dans les murs du Koutoubia.

– Elle est morte en combien, déjà ? a demandé Mo.

– En 75, a répondu Simon.

– Ici, elle sera vivante tant que mon père tiendra le bar, a fait Hadouch.

– La tradition, a murmuré Simon.

– L'Astre de l'Orient...

Ils étaient sur le point d'écraser une larme quand Zhao Bang lâcha un chapelet de borborygmes.

– Qu'est-ce qu'il dit ?

– Rien. Il nous traite d'Arabes.

Zhao Bang s'étouffa bientôt dans ses caillots. Simon lui tapa dans le dos et chacun retourna à sa méditation. Hadouch n'avait jamais poursuivi les mêmes buts que moi. Pour l'heure, il était parti à la chasse au trésor quand je cherchais juste à sortir Thérèse de prison. Nous discutions parfois de nos divergences, dans le temps. « Tu te trompes sur mon compte, Benjamin. Tu me crois gentil garçon parce que je suis ton ami et que j'ai grimpé avec toi jusqu'en hypokhâgne... Tu as ouvert un crédit illimité aux Arabes et aux intellectuels, Ben. Pourquoi pas aux Suisses, aux garagistes ou aux juges d'instruction ? Tu es un sentimental, mon frère. Fais gaffe, on en meurt. »

Mes yeux glissèrent sur le corps de Zhao Bang. Il avait retrouvé une respiration à peu près régulière. Décidément, je n'aimais pas cette cave. J'ai fini par demander :

– Qu'est-ce que vous allez en faire ?

– Directement du producteur au consommateur, a répondu Hadouch.

Il a saisi son manche de pioche et en a frappé le ciel par trois fois.

Le ciel s'est ouvert.

Les archanges Titus et Silistri sont descendus parmi nous. Ils étaient seuls. Pas de substitut Jual, cette fois.

En embarquant Zhao Bang, le lieutenant de police Silistri a dit :

– Putain, ces flambeurs, qu'est-ce qu'ils se mettent quand même !

Avant que le ciel ne se referme sur eux, Titus a lâché, comme une information parmi d'autres :

– À propos, Malaussène, tu peux rentrer chez toi, on a libéré ta sœur. Son alibi a fini par se pointer.

Je me suis précipité, bien sûr, mais Silistri m'a bloqué au milieu des marches.

– Écoute, Malaussène...

Les deux flics se sont regardés.

– On voudrait t'éviter un choc, quand même.

Titus a ajouté :

– À propos de l'alibi...

Silistri a voulu se jeter à l'eau .

– On ne sait pas ce que tu en penseras, mais on en a discuté, Titus et moi. On s'est dit que si c'était notre sœur...

Apparemment l'eau était trop froide.

C'est Titus qui a fini par plonger :

– On aurait presque préféré qu'elle reste en taule.

IX

*De la passion
selon Thérèse*

19

– Ils sont en haut, m'a dit Jérémy quand j'ai fait exploser la porte de la quincaillerie.

J'ai avalé les escaliers, mais je n'ai trouvé personne dans notre chambre. Je veux dire personne d'autre que la compagnie habituelle : Thérèse, Julie, Théo – flanqué de l'Hervé qui s'était cru autorisé à se joindre. Pas trace d'alibi. Où avaient-ils planqué l'alibi ? Avaient-ils vraiment peur que j'écharpe l'alibi de Thérèse ?

Quand Théo s'est avancé pour jouer son rôle d'avocat, j'ai manqué de nuance :

– Toi, ta gueule ! Le tonton plaideur va la mettre en veilleuse et laisser le grand frère écouter la petite sœur. Tu as assez fait de conneries comme ça dans cette affaire. T'es disqualifié, Théo. Ferme-la et laisse parler Thérèse.

Julie a pris mon ton au sérieux.

– Benjamin a raison, Théo. Thérèse n'a besoin de personne pour la défendre. Elle s'en sortira très bien toute seule.

– Et comment ! a dit Thérèse avec une lueur de défi au fond de la prunelle. Bonjour, Benjamin, ça va ? Quand je te disais de ne pas t'en faire pour moi...

C'est toujours la même histoire : un môme fugue, on se fait un sang d'encre, on l'imagine aplati par un autobus, abominablement violé, distribué en morceaux dans des sacs-poubelle, la vie n'a plus qu'un goût de mort, et voilà que le môme réapparaît. Alors, sauf exception, au lieu de le manger de baisers pour qu'il n'aille plus mourir ailleurs, on n'a qu'une envie, le tuer sur place.

Thérèse m'a pris par les deux mains, m'a forcé à m'asseoir sur le rebord du lit, s'est accroupie devant moi et, comme une gouvernante anglaise payée pour la patience, elle a murmuré :

– Calme, calme, je suis là... Je vais tout te raconter.

Bon. Qu'est-ce que je voulais savoir au juste ? Ce qu'elle avait fait cette fameuse nuit ? Au fond, il n'y avait que ça qui m'intéressait, n'est-ce pas ? Peu importait qui avait tué Marie-Colbert, par exemple ? Et qui était parti avec les deux valises pleines de dollars ? Inutile de se demander où était passé tout cet argent volé au malheur du monde ? Non, la grande question, la seule, était de savoir avec qui Thérèse Malaussène avait couché cette nuit-là, n'est-ce pas ? Qui était ce fameux alibi ? Et pourquoi avait-il fait une si désastreuse impression aux inspecteurs Titus et Silistri ?

– C'est bien ça, Benjamin ? Entre la tragédie et le vaudeville, tu as choisi le vaudeville ?

Ses yeux dans les miens m'interdisaient de répondre.

– D'accord, je vais te raconter ma folle nuit.

Elle me tenait toujours les mains.

– Mais il faudra que tu attendes la chute comme tout le monde. Je vais *tout* te raconter, de la seconde où j'ai quitté la quincaillerie jusqu'au moment où j'y suis revenue sur la pointe des pieds, persuadée que vous dormiez tous. Il était trois heures du matin, par là. Il faisait très noir. Je n'ai pas vu que le dortoir était vide. Cela dit, je crois bien que, si vous aviez été là, je ne vous aurais pas remarqués davantage. J'étais dans un état... particulier.

*

La voilà donc, retour de mariage, qui se réveille et traverse la quincaillerie sans regarder personne. On lui a gardé une assiette au chaud mais elle ne touche pas à l'assiette chaude. Elle refuse de croiser les regards qui la suivent. Elle n'est pas en état de parler. Elle est raide de cette raideur qu'elle connaît trop bien. Renvoyée à la glaciation de son adolescence.

– Je vais éteindre Yemanja et récupérer quelques affaires.

C'est exactement ce qu'elle va faire. Tirer un trait sur son ancienne vie sans avoir été fichue d'entamer la nouvelle. Elle est morte de honte. Elle marche dans la rue comme si ses os allaient trouer sa peau. Par bonheur, c'est l'heure du dîner, Belleville est à peu près désert. Elle se retourne deux ou trois fois pour s'assurer que Benjamin et Julius ne la suivent pas. Elle se glisse dans la caravane sans avoir été repérée. C'est un minuscule espace et c'est tout son passé. Elle débranche Yemanja, débarrasse les étagères, arrache les rideaux, fourre toute sa bimbeloterie dans un de ces sacs de plastique quadrillés bleu et blanc que les Ben Tayeb utilisent quand ils vont passer les vacances au pays. Sa vie est moins remplie que celle des Ben Tayeb, la caravane vidée, son sac ne pèse rien ou presque. Elle referme la porte sans la verrouiller. La caravane peut faire un bon squat ou être réquisitionnée par un marabout. Dehors, elle hésite. Elle voudrait aller fourrer le contenu du sac dans le tabernacle de maman. Dans une trentaine d'années quelqu'un violerait comme elle cette mémoire d'osier et s'étonnerait à son tour de ce que le présent ne laisse rien augurer du passé.

Mais elle ne veut pas retourner à la quincaillerie.

Pas de quincaillerie, pas de tribu, pas d'explication, pas de consolation, pas maintenant. À vrai dire, c'est leur discrétion qu'elle redoute pardessus tout Ce silence de couveuse, cette façon bien à eux de laisser mûrir les chagrins jusqu'à éclosion. Leur patience de consolateurs, cette tendresse obtuse... Non, elle ne supporterait pas. Et puis, ils se font d'elle une idée qui n'est pas la bonne. C'est cette autre Thérèse qu'ils chercheraient à consoler, la leur, la Thérèse qui ne ment jamais.

– Or tout commence par un mensonge, Benjamin.

Eh oui, elle a menti à Benjamin. Enfin ! Elle s'est affranchie du grand frère.

C'est la seule chose qu'elle ne regrette pas.

Quand Benjamin lui a envoyé Rachida avec le double thème astral, Thérèse a immédiatement compris qu'il s'agissait de Marie-Colbert et d'elle. Seulement voilà, depuis des semaines, elle préférait cet homme aux étoiles. Brusque révolution des valeurs. C'était cela, le vrai dépucelage, la perte du don. Elle s'était mise à préférer l'amour au ciel, cinq minutes avec cet homme à l'éternité des cieux. Thérèse était prête à braver les astres pour cette nouvelle certitude. C'était simple, il suffisait de ne plus les croire.

– Tu veux savoir ce qui m'a émue *d'abord* chez Marie-Colbert ?

C'était son titre. Non, attends, pas son titre : la façon dont Marie-Colbert énonçait son titre. *Conseiller référendaire de première classe.* Ça lui rappelait les romans russes que Benjamin leur lisait quand ils étaient petits. Il y avait tout Gogol dans ce « conseiller référendaire », et tout Dostoïevski, tout le pathétique russe de ces nobliaux affamés qui se persuadaient d'exister en martelant leurs titres. Je suis conseiller référendaire de première classe, ce n'est pas rien tout de même ! Bien sûr Marie-Colbert n'assenait pas son titre et n'avait rien d'un affamé, mais Dieu qu'il lui ressemblait, avec ce grand corps aussi raide que le sien et cette façon enfantine de placer son être dans son rang !

L'énarque et la magicienne... ces deux perdus... c'était cela qui l'avait émue.

Elle l'avait écouté, elle lui avait répondu, elle avait accepté de le revoir, elle avait souri intérieurement à son jargon d'École, son cœur s'était serré au récit de l'épouvantable lignage, « il ne m'a rien caché sur les turpitudes de sa famille, au contraire », au point qu'elle avait décidé de lui faire un enfant d'entrée de jeu, pour renouveler le sang une bonne fois, elle avait adoré l'idée de ce mariage, lui avait trouvé les justifications les plus idéales – quel beau couple, ces contrebandiers de l'humanitaire ! –, mais la vérité vraie est que pendant tout ce temps, tous ces mots, elle n'avait songé qu'à une chose : le moment où elle déshabillerait Marie-Colbert, plongerait ce corps gigantesque dans un bain très chaud, le masserait lentement, attendrirait cette existence, rendrait cet homme à lui-même. Ç'avait été son premier émoi. L'eau de ce bain la faisait frémir. Il lui semblait que sa propre raideur y fondrait, que cette chaleur deviendrait sa chaleur, qu'alors seulement l'amour serait possible...

– Seulement, comme tu le sais, ça ne s'est pas passé exactement comme ça.

À cause d'un détail, peut-être : il y avait *deux* salles de bains dans leur suite de la Bahnhofstrasse.

– Comment entamer l'amour après cette séparation ?

Quand il s'était glissé sous leurs draps, Marie-Colbert avait rempli le devoir conjugal comme on exécute un contrat. Sans engagement excessif de sa part. Préservatif. Elle n'avait pas pu lui arracher un mot depuis la séance de signatures avec Altmayer. Ni mot ni caresse. Quant au bain chaud, elle l'avait pris seule. Après. Pour calmer cette brûlure sèche au milieu de son corps. Et quand l'eau avait complètement refroidi autour d'elle, c'est un bloc de glace et de honte qui avait pris le train du retour.

– Non, Benjamin, pas de consolation ! Écoute plutôt la suite. Je suis donc debout devant la caravane, à refuser de me faire plaindre, justement.

Où aller ? Qui trouver ? Louna ? Louna est une solution. Pour peu que Laurent soit en vadrouille, le chagrin de Louna la distraira du sien ; d'inconsolable, Thérèse se fera consolatrice. La vie reprendra son cours, en somme. Mais non, Thérèse n'a envie de consoler personne. Thérèse en veut à la terre entière. À elle-même pour commencer. À son propre ridicule. Cette histoire de bain, par exemple, quelle idiotie ! Des mois à rêver de ce bain alors que tout son corps le lui dit aujourd'hui : les bains ne valent rien à l'amour. En amour, l'eau assèche C'est une donnée objective. Jeunes gens qui aimez, ne vous lavez pas. Prenez-vous dans la chaleur du désir fondant. Laissez tomber les préliminaires du bain. Ne vous lavez pas après non plus, d'ailleurs. Gardez ça pour vous le plus longtemps possible.

– Là, j'ai ri comme une folle.

Oui, assise dans le métro qui dévale vers Paris, son cabas à ses pieds, deux amoureux un peu inquiets sur la banquette d'en face, elle est prise d'un de ces fous rires qui peuvent d'une seconde à l'autre dégénérer en chapelet de sanglots ou en accès de fureur. La fureur, plutôt. Plutôt la fureur.

Elle sait ce qu'elle va faire désormais. Elle sait où elle va. Cap sur Marie-Colbert ! Ne la trouvant pas à son réveil, il a dû se rapatrier lui aussi. Pourquoi ne lui a-t-il pas fait signe ? Pourquoi ne l'a-t-il pas appelée ? Pourquoi n'est-il pas venu ? Ignore-t-il que le départ d'une femme est toujours un message ? Pourquoi n'y a-t-il pas répondu ? Mais à trop se poser de questions on s'expose aux réponses. Parce que je suis nulle, voilà pourquoi ! Parce que je suis la reine des connes ! Parce que j'ai désiré un bain plutôt qu'un homme, voilà pourquoi ! Parce que j'étais muette et froide comme une pierre tombale quand il s'est glissé dans notre lit, voilà pourquoi ! Parce que j'ai trop lu *La femme, médecin du foyer* et que je suis allée à la bataille de l'amour comme une Zurichoise d'avant-guerre ! Parce qu'il ne savait pas s'y prendre mieux que moi et que je n'ai pas été fichue de l'aider ! Et je l'aimais, pourtant, je l'aimais ! Je l'aimais et je l'aime encore ! Je l'aime et j'y cours ! J'y cours et cette fois je me donne ! J'y cours et cette fois je le prends ! Foin d'orgueil et plus de retenue ! Le barrage a cédé ! Je jaillis vers lui !

Elle n'est plus dans le métro à présent. Elle court bel et bien vers le numéro 60 de la rue Quincampoix. Je le prends, je m'offre, je nous arrache à notre passé, à nos familles, à nos terreurs, je donne la parole à nos corps, je nous mélange une bonne fois, je nous plonge dans une nuit d'amour comme jamais l'amour n'en a connu ! Pas de bain ! Pas d'hésitation ! Pas de bafouillage ! Le vif du sujet L'invention ! J'ai tout à inventer ! Tout inventer et

faire un bébé Roberval par la même occasion !
Abonnir la lignée une fois pour toutes !

– C'était exactement ça, Benjamin ! J'ai monté
son escalier en courant, et veux-tu que je te dise ?
C'était comme si je plongeais en amour !

*

Silence dans notre chambre. Julie, Théo, Hervé,
silencieux.

Et moi donc.

Et Thérèse hors d'haleine.

Comme si le seul souvenir de cette nuit lui coupait encore le souffle.

Thérèse amoureuse.

Ses yeux luisaient, ses mains broyaient les
miennes.

C'était donc ça ?

Thérèse de Roberval avait tout bonnement fait
l'amour avec son mari, cette nuit-là...

Un mari qui venait de lui envoyer un tueur...

L'amour réinventé, pendant que la caravane
flambait...

Ô Titus... Ô Silistri... oui... ça y est... j'y suis... je
vous comprends... d'accord.

Silence, donc.

Immobilité et silence.

L'amour réinventé... Puis, Thérèse radieuse sur
le chemin de la quincaillerie, pendant qu'on lui
assassine son mari retrouvé.

...

Jusqu'à ce que la voix de Thérèse reprenne, tout en bas de la gamme :

— Tu veux la suite, Benjamin ?

Au point où nous en étions...

— Eh bien, là non plus, ça ne s'est pas passé exactement comme je l'avais prévu.

Non ?

Non.

Il l'attendait en haut des marches.

— Tu sais ce qu'il m'a dit ?

*

Elle gravit, éblouissante, la dernière volée de marches. Passé le virage du palier, elle le voit, là-haut, debout dans son costume, très immobile. Il est pâle, un peu, et il est en chaussettes. Va savoir pourquoi c'est ce qui la frappe d'abord. Pas la pâleur, les chaussettes. Elle ne s'y connaît toujours pas en amour mais l'intuition lui souffle que certaines chaussettes ont raison du désir plus sûrement que les bains les plus froids. Il se tient donc là-haut, droit dans ses chaussettes. Il ne sourit pas. Il n'ouvre pas les bras. Il ne l'accueille pas. Il avise juste le cabas de plastique quadrillé bleu et blanc et demande :

— Vous émigrez ?

Une telle ironie dans sa voix... Tout ce qui fondait en elle se fossilise. Si vite qu'elle croit son cœur saisi des glaces. Un de ces chocs dont on meurt.

— Que venez-vous faire ici ?

C'est une demi-morte qui répond. Qui s'excuse. Qui veut expliquer son départ de Zurich. Cette fuite. Il la coupe.

– Ce n'est pas une fuite, Thérèse, c'est une insulte.

Pas du tout, c'était de la panique. Du désespoir. Elle s'excuse. Elle est revenue. La voilà. Me voilà. Elle est là. Je suis là. Elle oppose un tutoiement ardent au voussoiement glacial. Tout est encore possible.

– C'est beaucoup trop tard.

Il lui tourne le dos, il pénètre dans l'appartement, il rabat la porte qu'elle retient, suppliante. Il hésite, hausse les épaules, la laisse entrer. Près de la porte, elle aperçoit les deux valises à coins de métal que leur a remises Altmayer, le manteau de Marie-Colbert en attente sur le dossier d'un fauteuil, la paire de chaussures qu'il s'apprêtait à mettre quand elle a sonné, et qu'il lace, maintenant, avec application. Tout en lui parlant de madame Bovary. Oui, tout en dissertant sur Emma Bovary. Tout en expliquant à Thérèse qu'elle est une sorte de Bovary. Il ajoute :

– Les rondeurs en moins.

Puis il sourit.

– Vous ne croyez plus aux astres, Thérèse ?

La question la prend de court.

– Ni au tarot ?

Il vient de lacer sa deuxième chaussure.

– Vous devriez vous faire tirer les cartes, pourtant.

Il redresse la tête, les mains sur ses genoux.

– Elles vous annonceraient l'inévitable deuxième femme.

Comment ?

– Ma belle-sœur. La veuve de Charles-Henri.

Il ajoute :

– Je rebondis immédiatement, quand on me quitte.

Elle veut protester. Elle veut lui dire qu'elle ne l'a pas quitté. Il l'en empêche, en prononçant la phrase la plus longue de toute l'entrevue.

– Ce n'est pas si grave, Thérèse, nous étions une erreur, vous et moi. Non seulement les Roberval ne devraient pas se mésallier, mais ils devraient ne se marier qu'en famille.

Chaussures lacées, le voilà debout. Il se dirige vers le manteau.

– C'est ce que je vais faire. Dès que nous aurons divorcé.

Il sort une enveloppe de la poche intérieure.

– Avec ma belle-sœur, la veuve de Charles-Henri.

Il exhibe un billet d'avion. Il conclut :

– Maintenant, excusez-moi, j'étais sur le départ. Il faut que je la rejoigne.

*

Oh, bon Dieu, Thérèse...

– Surtout ne dis rien, Benjamin. Encore une fois, je ne veux pas être consolée.

Et de me le prouver aussitôt :

– Tu sais comment elle se prénomme, la belle-sœur en question ?

Avec le sourire mutin de quelqu'un qui va en sortir une bien bonne :

– Zibeline !

Suivit un accès de cynisme guilleret :

– Un prénom pareil, ça suppose de gros besoins. Marie-Colbert était l'homme qu'il lui fallait. Mais la voilà veuve une deuxième fois, la pauvre.

De là à supposer que ladite Zibeline soit partie seule avec les valises d'Altmayer après avoir jeté le deuxième mari dans le vide, il n'y a qu'à bien interpréter le regard que me lance Julie. Mais pourquoi ce cadavre en chaussettes, puisque précisément il venait de lacer ses chaussures ? Et pourquoi hilare, le défunt ? Et quid de l'alibi ?

Thérèse m'avait lâché les mains. Elle en avait besoin pour dénigrer les charmes de sa rivale, « une sorte de grand machin cosmétique, vous voyez ». Ses doigts voletaient. Elle ne comprenait « décidément pas comment on pouvait... ».

– Thérèse, qu'as-tu fait, le restant de la nuit ?

Elle s'arrêta, bouche ouverte. Elle se claqua la cuisse.

– Bon sang, la question de l'alibi. Je l'avais complètement oubliée !

C'est ça, pensai-je, fous-toi de moi. Mais je ne te lâcherai pas.

– L'alibi, l'alibi..., chantonna-t-elle. D'après toi, Benjamin, où ai-je pu aller en sortant de chez Marie-Colbert ?

20

— Jouons, d'accord ? Essaye de trouver toi-même où j'ai bien pu avoir envie d'aller en sortant de chez Marie-Colbert. Imagine-moi dans la rue, en larmes, avec mon baluchon, cette porte se refermant définitivement derrière moi. Où aller, maintenant ? La quincaillerie ? Pour rien au monde. Louna ? Louna aurait ajouté à mon désespoir. Alors ?

Cela dit avec une gaieté de monitrice, comme si nous passions une soirée de colo et que le jeu consistât à me faire trouver un bibelot planqué dans notre chambre, en attendant l'extinction des feux.

— Tu peux très bien y arriver, Benjamin. Fais un effort. Mets-toi à ma place. Parce que moi, précisa-t-elle, moi j'ai fait exactement ce que tu aurais fait, toi !

Je ne voyais vraiment pas. L'affolement avait dû me coller un fameux bandeau sur les yeux.

— Voyons, insistait Thérèse, quand tout s'effondre, quand tu as des embêtements par-dessus la tête, quand Jérémy fiche le feu à son école, par exemple, ou quand on t'accuse de faire sauter des bombes dans le Magasin, *qui* vas-tu trouver, Benjamin ? Et quand tu te demandes où ta sœur Thérèse a passé la nuit, à *qui* vas-tu le demander ?

Nom de Dieu...

– Voilà, tu brûles, tu y es presque, le 3 de la rue aux Ours est à deux cents mètres de chez Marie-Colbert...

J'ai levé les yeux sur Théo qui a immédiatement pris les devants.

– Hervé et moi avons essayé de te le dire, Ben, qu'elle était venue chez moi, mais on ne pouvait pas en placer une. Tu nous as demandé de répondre par oui ou par non à tes questions et dès qu'on débordait tu te mettais dans un état épouvantable.

– Absolument terrorisant, confirma Hervé.

– Tu es entré comme un dingue, tu es ressorti comme un bolide ! La seule chose que tu ne nous as pas demandée, c'est si Thérèse était venue me trouver !

Thérèse ouvrit les mains de l'évidence :

– Benjamin, j'ai fait comme nous avons toujours fait dans la famille quand les choses tournent mal, je suis allée trouver Théo.

– Stop !

J'ai hurlé : « Stop ! » Et j'ai expliqué le plus posément possible que je me foutais de cette étape intermédiaire. Thérèse était passée par chez Théo en sortant de chez Marie-Colbert, d'accord, je n'avais pas laissé à Théo l'occasion de me le dire, soit, Théo était le refuge épisodique de la tribu en perdition, c'était vrai, merci Théo, vive Théo, grâce lui soit rendue, mais ce que je voulais savoir maintenant, c'est ce que Thérèse avait fait cette nuit-là, *après* être allée pleurer dans le giron de l'inestimable tonton Théo.

– Nom de Dieu, Thérèse, où as-tu passé le reste de cette putain de nuit ? Je sens que je vais me foutre en rogne ! Où es-tu allée après ?

*

Là, ils se sont mis à parler tous les trois en même temps, Thérèse pour me dire qu'il n'y avait pas eu d'après, que c'était la fin de la course au trésor amoureux, qu'elle avait couru chez Théo pour ne pas aller se jeter dans la Seine, femme fichue avant même d'être femme, dans un état, Ben, tu n'imagines pas, confirma Théo, persuadée la pauvre petite, renchérit Hervé, que plus jamais elle n'aimerait ni ne serait aimée, quand nous-mêmes étions au cœur de l'amour, rappela inutilement Théo, et qu'en conséquence ils l'avaient accueillie tous les deux d'un même élan, entourée de leurs bras, réchauffée de leur souffle, ils avaient séché ses larmes, lui avaient ouvert leur lit, avaient rabattu draps et couvertures sur la tragique nudité de ce désespoir, tant de douceur, admit Thérèse, tant de douceur la rendant peu à peu à cet état de femme que sa passion pour Marie-Colbert lui avait tout de même permis d'entrevoir, rien n'était perdu, commençait-elle à penser, il restait encore quelques braises, oh, à peine rougeoyantes, toutes proches

de la cendre, certes, mais luisant encore d'un soupçon d'étincelle, et ils avaient donc soufflé sur ces
braises comme je l'aurais fait à leur place si Thérèse n'avait pas été ma sœur, ce n'était pas leur
vocation bien sûr mais l'urgence transcende bien
des clivages, ils s'étaient senti la mission primitive
de ne pas laisser mourir le feu de l'humanité, ils
rejoignaient d'ailleurs Thérèse sur ce point, la
question des bébés, ça aussi Ben on a essayé de
t'en parler, la question des bébés, mais tu ne voulais vraiment rien entendre, la très importante
question des bébés – et là-dessus même le pape
leur aurait donné raison –, tant et si bien que de
braises en flammèches, de flammèches en joyeuse
flambée, de flambée en embrasement, ils avaient
tous les trois allumé un incendie qui les avait complètement dépassés, un incendie concerté néan-
moins car ils ne songeaient qu'à l'avenir de Thérèse, qui ne s'était pas mariée pour la gaudriole,
Thérèse, mais bel et bien pour l'avenir, lequel a
toujours une tête de bébé, un bébé qui, entre
parenthèses, ne tomberait pas dans la pire des
familles, élevé par Benjamin Malaussène, pensez
donc, combien de bébés envieraient la place, aime-
raient lui piquer un pareil papa, et une fois résolue
l'importante question de l'éducation ils s'étaient
mis à pétrir l'avenir tous les trois, à fabriquer
l'avenir tous les trois, gaiement, devoir de consolation d'abord et franche allégresse ensuite, car le
bonheur de l'enfant naît dans le plaisir de sa
conception, tous les manuels de pédiatrie te le con-
firmeront, Benjamin, un joyeux déchaînement de

bonnes volontés donc, au point que les autres locataires de l'immeuble s'en étaient trouvés réveillés, offusqués, furibards, cognant contre toutes les parois et de toute la ferveur de leur frustration, hurlant qu'ils allaient déposer toutes sortes de plaintes à toutes sortes de niveaux, comme toujours quand la vraie vie se manifeste, mais eux n'en avaient cure, ils étaient l'avenir en marche, pas seulement celui de Thérèse, le somptueux avenir de l'espèce humaine...

Jusqu'à ce que Thérèse, qui soit dit en passant était plus que douée, inventive infiniment, comme il arrive quand on se donne corps et âme à un projet qui en vaut la peine, jusqu'à ce que Thérèse les laisse là, plus morts que vifs – dans l'état où je les avais trouvés –, complètement vidés de cette vie dont ils l'avaient remplie, les laisse pantelants donc et coure, sous les insultes qui pleuvent des fenêtres, vers un taxi en maraude, « je voulais rentrer avant l'aube, j'avais peur que tu me grondes, Benjamin », et c'était là toute l'histoire, et si Thérèse n'avait rien dit devant le substitut Jual, ce n'était pas pour l'honneur du seul Théo, ni pour l'honneur d'Hervé, non, Thérèse avait sauvegardé l'honneur de l'Homosexualité, avec un grand H, rien de moins, voilà ce qu'elle avait fait, c'était sublime !

Glapissait Théo.

– Sublime, confirma Hervé, Thérèse a été sublime !

Un acmé de l'enthousiasme

Que Thérèse laissa retomber lentement.

Avant de se récrier qu'à sublime, sublime et demi, que Théo et Hervé non plus n'avaient pas lésiné sur le sublime pour la sortir de prison, et que c'était cet héroïsme-là qui avait dû faire une si forte impression aux inspecteurs Titus et Silistri.

– Écoute, Benjamin, écoute bien ce qu'ils ont fait pour me délivrer.

*

Rien d'extraordinaire au dire de Théo.

– Quand tu es sorti de chez moi, Ben, nous avons bu ton café et passé dix minutes sous une douche glacée.

S'ils s'accordaient avec Thérèse pour juger l'eau incompatible avec l'amour, ils lui reconnaissaient des vertus guerrières. On y trempait les lames, pour mieux les aiguiser. Or, ils en avaient conscience, ils devaient s'armer de lucidité, ils partaient en campagne. Ils montaient à l'assaut de la forteresse sociale et, au cœur de cette forteresse, ils allaient s'en prendre au donjon en personne, arracher Thérèse au quai des Orfèvres, rien de moins, la sombre Conciergerie, de sinistre mémoire. Ils étaient donc l'alibi de Thérèse. Mais qui serait disposé à les croire ? Quel crédit leur accorderait-on ? Ils se sentaient de taille à vaincre la méfiance professionnelle des policiers – après tout, ils étaient des messagers de vérité –, mais pas leurs préjugés. Ni leur souci de vraisemblance. On ne les croirait pas. Pas eux. Pas aptes à ça. Donner tant de joie à

une femme – eux ? –, jamais on ne les croirait.
Cette conviction les consterna. Autant dire que
Thérèse n'avait aucun alibi. Cependant l'eau
glacée faisait son œuvre d'affûtage. Savoir si l'idée
vint de Théo ou d'Hervé engendra un débat
annexe, aigre-doux, vite réprimé par l'urgence du
récit. L'un des deux avait eu *l'idée*, là était l'essen-
tiel. Puisqu'ils n'étaient pas dignes de foi, ils
devaient s'entourer de témoins infaillibles. C'était
l'idée. Or les témoins ne manquaient pas qui
avaient passé cette portion de la nuit à frapper
contre leurs murs, leur plafond ou leur sol. Les
témoins avaient entendu Thérèse monter aux cieux
à l'heure même où Marie-Colbert basculait dans le
vide. Les témoins avaient vu Thérèse courir sur
l'asphalte quand Marie-Colbert gisait depuis longtemps sur le marbre familial. Les témoins connais-
saient très bien Théo pour le mépriser à proportion
de son génie amoureux, ils commençaient à bien
connaître Hervé qui « ne valait pas mieux que
l'autre »... Témoins idéaux ! Témoins auditifs aussi
bien qu'oculaires. Témoins olfactifs, si nécessaire !
Et témoins honnêtes, de surcroît, braves gens
patentés, sentinelles de l'ordre, que la police croirait les yeux fermés, car ils étaient les yeux de la
police.

Encore fallait-il les convaincre d'être fidèles à
leurs menaces. Les persuader de venir porter les
plaintes promises... Ça n'avait pas été le plus
simple de l'affaire.

– J'ai même dû payer un mec pour qu'il dépose
contre nous.

– J'te jure..., soupira Hervé.

La mayonnaise avait pris, finalement. Une troupe vociférante les avait suivis jusqu'au quai des Orfèvres. Tout un immeuble d'alibis ! On témoigne, on témoigne ! Bacchanale nocturne, monsieur le substitut ! On se plaint ! On dépose ! Et comment ! Une honte ! Les oreilles de nos enfants ! Pareille nuisance ! Sommeil compromis ! Travail du lendemain ! Honneur du petit commerce ! Soudoyés ou volontaires, ils étaient la guilde morale, toujours résolue à se faire entendre. Et plutôt deux fois qu'une ! On laissera pas passer ça ! Dans le couloir qui menait au bureau du substitut Jual, ils poussaient Hervé et Théo devant eux, comme s'ils les avaient arrêtés de leurs propres mains. Excités au point que les inspecteurs Titus et Silistri avaient craint pour la vie de Thérèse.

– Je te jure, Malaussène, confirma Titus dans son propre récit, quand on a vu débouler les deux archanges de Thérèse poursuivis par la vertu en folie, on a eu peur pour elle.

– On s'est vraiment demandé s'il ne valait pas mieux la garder avec nous, admit Silistri.

Le substitut Jual avait eu le réflexe inverse. Il avait pris les dépositions et ouvert à Thérèse les portes de la liberté. Après avoir officiellement admonesté les trois contrevenants, il avait murmuré à l'oreille d'Hervé qui passait près de lui :

– C'est bien. Recommencez.

– Il n'est pas mal du tout, ce substitut Jual, reconnut Théo. Il a relâché Thérèse avec tous les honneurs dus à son cran...

– Pas mal et plutôt mignon, a confirmé Herve

*

Julie et moi n'avions plus de force pour le moindre commentaire. Nous les avons laissés là-haut tous les trois. Nous leur avons même abandonné notre chambre pour la nuit. Thérèse voulait présenter ses deux géniteurs à toute la tribu, au petit déjeuner du lendemain : « pour clarifier les choses, qu'il n'y ait pas d'ambiguïté ».

Et puis Julius le Chien grattait à la porte. C'était l'heure de Martin Lejoli.

X

Où il faut bien épiloguer

21

Neuf mois plus tard – et pour la première fois en ma longue expérience dans ce domaine – j'ai vu un bébé sortir du ventre de sa mère en tournant la tête à droite et à gauche. C'était une fille. Papa Théo d'un côté, papa Hervé de l'autre, maman Thérèse dans son lit blanc, elle eut d'abord l'air satisfait... Puis son petit front se plissa et elle refit ses comptes. Debout derrière Hervé, un troisième candidat semblait aussi ému que les deux autres. Remarqua-t-elle que du dos de sa main le troisième candidat caressait le creux de la main de papa Hervé ? Remarqua-t-elle que, de l'autre côté du lit, papa Théo désapprouvait ce geste du substitut Jual ? Toujours est-il que, quand les yeux de la petite nouvelle se posèrent finalement sur moi, j'y lus toute sa conscience de la complexité du monde et une ardente prière de lui en expliquer le mode d'emploi.

– On dirait qu'elle t'a choisi, Benjamin, déclara Thérèse en me la tendant.

C'était une façon d'interpréter ce SOS. Le crâne duveteux de la petite tenait exactement dans le creux de ma main ; il était bouillant du désir de comprendre.

– À toi le rôle du papa unique, confirma Théo. C'est d'ailleurs dans cet esprit que nous l'avons conçue, ajouta-t-il sans quitter Hervé et le substitut Jual des yeux.

Le flash de Clara authentifia l'adoubement. La petite ne cilla pas. Son regard m'agrippait comme une ancre. Encore une dont les bras ne me lâcheraient pas de sitôt.

– Tu ne peux t'en prendre qu'à ton charisme, Malaussène, murmura Julie à qui ma tête n'avait pas échappé.

Je rendis son regard au petit machin. « Des années d'éducation attentive et, quand tu voudras faire le mur, tu iras demander l'autorisation à papa Théo, c'est ça ? »

– Quelle ardeur, dans ces yeux ! s'exclama Gervaise, ça, c'est un fruit de la passion !

Très pensif jusqu'à présent, Jérémy s'éclaira aussi sec :

– Et c'est comme ça qu'on va l'appeler !

Au lieu de s'y opposer en tordant la bouche comme elle le fait chaque fois que Jérémy baptise, Thérèse partit de son nouveau rire :

– Fruit de la passion ? Tu veux appeler ma fille Fruit De La Passion Malaussène, avec des majuscules partout ? F.D.L.P.M. ? Pour qu'elle finisse à l'ENA ? Jamais de la vie ! Creuse-toi le citron, trouve mieux.

– Maracuja, fit Jérémy.

Le rire de Thérèse céda la place à un sourire gustatif.

– Maracuja...

– C'est le nom que les Brésiliens donnent au fruit de la passion, traduisit Jérémy.

– Maracuja..., chantonna le Petit. Maracuja.. Maracujaaaaaa...

Qui fit donc une entrée triomphale dans la tribu Malaussène, sous le nom de Maracuja.

22

Nous fêtâmes l'arrivée de Maracuja le soir même par un méchoui à tout casser, au Koutoubia évidemment. La petite Ophélie de Rachida avait pointé son nez trois jours plus tôt et le vieil Amar avait décidé de célébrer les deux avènements en une seule et gigantesque réjouissance. Gervaise étant de la fête, notre premier acte pédagogique fut d'inscrire les deux futures femmes aux *Fruits de la passion*. La sainte patronne ne s'y opposait pas, mais son jardin d'enfants battait de l'aile : on ne lui renouvelait pas ses subventions. Officiellement les autorités municipales invoquaient d'autres « priorités », mais Gervaise savait que la décision avait été prise sous une pluie de pétitions. Ses putassons faisaient tache dans le quartier. (Et dis-toi bien une chose, Maracuja, on n'a jamais vu une tache prioritaire.)

– Malaussène, si tu as besoin d'un coup de main pour l'éducation de Maracuja, proposa l'inspecteur Titus qui me voyait soucieux, on tient à ta disposition tout un immeuble de parrains et de marraines moralement irréprochables.

– On peut la leur confier tout de suite, si tu veux.

Ils semblaient trouver ça drôle. Hadouch, Mo et Simon leur emboîtèrent le rire. Ça non plus, ma petite Maracuja, ce n'est pas simple, l'alliance ponctuelle des malfrats et de la poulaille. Mais c'est l'homme, qu'est-ce que tu veux que je te dise ? On peut toujours rêver de le réformer...

– Feriez mieux d'arrêter les assassins, grommelai-je bassement.

– Il fait allusion à feu Marie-Colbert, fit Titus à Silistri.

– Il nous reproche notre lenteur, précisa Silistri.

– On dirait qu'il est presque déçu de ne pas être au ballon, fit observer Hadouch.

– Faut se mettre à sa place, il nous a bassinés avec ça pendant des mois, compléta Jérémy.

As-tu fait le bon choix, Maracuja ? Tu as choisi un père minoritaire.

Titus ébaucha une explication :

– On a bien pensé te cravater, Malaussène, mais tu avais de la concurrence, sur cette affaire. D'après toi, qui pouvait en vouloir plus que toi à Roberval et étouffer son pognon ?

Silistri résuma neuf mois d'enquête.

– Rien qu'en cherchant dans sa clientèle, on peut sans risque soupçonner tous ceux qu'il a fournis : Irlandais d'Irlande, Arméniens d'Arménie, Chiapanèques du Mexique, Péruviens du Sentier lumineux, Sahraouis du Polisario, Corses d'un peu partout, Basques, Kosovars, Ouzbeks, Palestiniens, Kurdes, Ougandais, Cambodgiens, Congolais...

– Auxquels tu peux ajouter tous les services spéciaux plus ou moins clandestins que Roberval armait contre eux par la même occasion... Désolé, Malaussène, il y avait trop de monde avant toi sur ce coup-là, on a laissé tomber ta piste.

– Résultat des courses ?

– Résultat, on a à peu près autant de chances de cravater ce tueur que tu en as d'empêcher Maracuja de tomber un jour amoureuse.

Le fait est, Maracuja, le fait est...

Nous en étions là de nos conversations apéritives, le sérieux du méchoui n'était pas encore entamé, quand le vieux Semelle a fait une entrée remarquée, en beuglant à la cantonade :

– Sidi-brahim pour tout le monde !

Hadouch, Mo et Simon tournèrent une seule tête.

– Tu offres la tournée, Semelle ?

Un fait unique dans l'histoire du Koutoubia.

– Tournée générale et tout le vin de la fête ! a confirmé le vieux Semelle. Sidi-brahim pour toutes les familles concernées !

– T'as fait un héritage ? a demandé Simon.

Semelle était un abonné au quart de rouge sur merguez toute nue. Venant de lui, la tournée générale, ça flairait le braquage.

– Vive les naissances ! a rétorqué Semelle qui ne devait pas en être à son premier sidi.

Ce qui suivit se passa vite et discrètement. Hadouch se pencha sur l'oreille de Jérémy, qui fit un oui muet de la tête, se leva, entraîna le Petit, Leila et Nourdine à sa suite, et, passant devant Titus et Silistri :

– Vous nous donnez un coup de main, les

214

flicards ? C'est Semelle qui régale, faut faire la chaîne pour le sidi. Vous à la cave, nous sur l'échelle, Nourdine et Leila en salle. Faut prévoir une soixantaine de bouteilles. D'accord ?

Pendant que la police disparaissait à la cave, Mo s'est levé sur un signe de Hadouch, pour aller se poser à côté du vieux Semelle qui s'était assis près de Simon.

Semelle a regardé alternativement Mo et Simon qui l'encadraient. Il souriait de plus belle.

– Ça va ?

Mo et Simon l'ont assuré que ça allait.

Dès l'apparition de Semelle, quelque chose s'était immobilisé dans les yeux de Hadouch. L'apparence extérieure du vieux n'avait guère changé, son costard évoquait la même ruine végétale, mais, intérieurement, Semelle semblait plus *assis*, maître de l'univers. Il souriait.

Et il offrait la tournée générale.

Tout en me faisant signe de ne pas bouger, Hadouch fit glisser sa chaise jusqu'à se retrouver en face du nouveau venu.

– Oh pardon ! Je t'ai donné un coup de pied.

– C'est rien, assura le vieux Semelle.

Mais Hadouch s'était baissé en s'excusant. Il regardait sous la table. Il émit un sifflement admiratif.

– Nom de Dieu, t'en as de belles pompes !

– C'est des vieilles, a répondu Semelle après une légère hésitation.

– Elles ont pas l'air, a fait Hadouch en se redressant, une des chaussures du vieux Semelle à la main.

– Rends-moi ma godasse ! a gueulé Semelle.

Mo et Simon le maintenaient assis sur la banquette.

Hadouch a posé la chaussure sur ma table.

– Benjamin, tu dirais que c'est de la vieille grolle, toi ?

C'était une chaussure flambant neuve. Profilée comme un paquebot de luxe.

– Je les ai faites dans le temps ! gueulait Semelle. Sur mesure ! Je me les étais gardées ! C'est ma dernière paire. Du croco d'Abengourou. Façon main des années trente. Rends-moi ma chaussure !

Hadouch a souri gentiment.

– Semelle, t'étais anglais, dans ta jeunesse ?

L'autre a sursauté :

– Non ! Jamais ! Pourquoi ?

– Parce que c'est de la tatane anglaise, regarde, c'est marqué dedans.

Il lui tendait la chaussure.

– Une brique l'unité, a fait Simon.

– Deux briques la paire, a confirmé le Mossi.

– Minimum, a murmuré Hadouch.

Tout le monde s'est tu. Mais personne n'osait croire ce qui se disait dans ce silence où flottait un cadavre en chaussettes.

– C'est pas moi qui l'ai tué, a murmuré Semelle Je vous jure que c'est pas moi.

Les premières bouteilles arrivaient sur les tables.

– Semelle, dépêche-toi de nous raconter ça avant que Titus et Silistri remontent de la cave...

23

Ce n'était pas le vieux Semelle qui avait tué
Marie-Colbert de Roberval. Pas vraiment. Mais
qui aurait pu le croire s'il était allé raconter ça aux
flics ? Il était désolé pour Thérèse, Semelle, mais
les condés l'auraient foutu au gnouf s'il leur avait
raconté son histoire. Il les connaissait, Semelle, les
poulets, ils n'avaient pas le sens du merveilleux.
Alors, c'est quoi, ton histoire, Semelle, nous autres
on l'a, le sens du merveilleux, vas-y, raconte. Pourquoi il t'a filé ses pompes, le Roberval ? En remerciement de quel service ? Non, Marie-Colbert ne
lui avait pas donné ses chaussures, non ! Tu les lui
as piquées ? Non, c'était pas ça non plus. C'était
quoi, alors ? C'était bête, voilà ce que c'était,
Semelle avait fait une immense bêtise en allant
trouver Marie-Colbert chez lui.
– Hein ?
– Tu es allé chez lui ?
– Cette nuit-là ?
Cette nuit-là, à cette heure-là, à cette adresse-là,
au 60 de la rue Quincampoix, son hôtel particulier,

une vraie connerie. Semelle connaissait l'endroit, il y était déjà allé une fois quand Thérèse l'avait présenté comme témoin pour le mariage, et il l'avait trouvé gentil, Marie-Colbert, pas du tout « Monsieur », resté simple, appelez-moi Marie-Colbert, alors Semelle s'était dit que c'était jouable.

– Jouable ? Qu'est-ce qui était jouable ?

Le truc qu'il avait à lui proposer. Quel truc, bordel ? Arrête de nous trimballer ! Tu veux nous endormir ou quoi ? Tu veux qu'on fasse remonter Titus et Silistri ? Mais c'est très bête, je vous dis, tellement bête, vous comprendriez pas ! On est très con nous aussi, Semelle ! À part Hadouch et Ben qui ont grimpé dans leurs études, nous on est resté con, on peut encore comprendre.

– Bon.

Alors voilà ce que s'était dit le vieux Semelle. Voilà ce que je me suis dit dans ma tête de vieux. On respecte les vieux, Semelle, vas-y sans crainte, raconte.

– Tu le savais, Benjamin, je te l'ai dit, ça faisait pas du tout mon affaire que Thérèse perde son don de voyance après le mariage.

Ça ne faisait pas son affaire, non, vu que Thérèse, du temps qu'elle voyait loin, avait pris en charge le peu d'avenir qui restait à Semelle. Bon an mal an, elle lui dégotait le tiercé une fois par semaine, dans le désordre le plus souvent, mais tout de même, une moyenne de deux mille balles hebdomadaires. Huit mille par mois. La perte de ce don, c'était une coupe sèche dans les revenus du vieux Semelle.

– Alors, je me suis dit que Marie-Colbert pourrait y suppléer.

– Y quoi ?

– Je me suis dit qu'il pouvait réparer le préjudice. Qu'est-ce que ça représentait deux mille francs par semaine pour un monsieur comme Marie-Colbert ?

– Arrête ! Ne nous dis pas que tu es allé lui réclamer..

– Quand je vous dis que c'était bête !

Marie-Colbert l'avait reçu, tout de même. Après la visite de Thérèse, Marie-Colbert avait dû retarder son départ pour l'aéroport, il avait convoqué Zhao Bang pour qu'il lui fasse le rapport de son échec, bien, voilà que ça sonne, Marie-Colbert ouvre de confiance, et au lieu de Zhao Bang (qui ne viendra pas à ce rendez-vous, c'est ce qu'il racontera plus tard à Hadouch, Mo et Simon) c'est le vieux Semelle qui s'annonce. Semelle grimpe jusqu'à Marie-Colbert, Marie-Colbert l'écoute, debout sur le palier, furieux, mais que faire ? Il est sur le départ, deux valises à ses pieds, il attend un tueur et c'est ce vieux machin qui se pointe, Marie-Colbert l'écoute donc, son cul rebondi posé sur la rambarde de fer forgé. Et quand Semelle lui expose sa requête – une pension de deux mille francs hebdomadaires, huit mille francs par mois –, l'autre n'en croit pas ses oreilles, vu les circonstances il trouve ça si marrant qu'il se met à rire, le cul sur la rambarde de l'escalier, mais à rire d'un rire à ce point renversant qu'il en tombe à la renverse, justement. Au sens propre. Mort de rire, quatre étages plus bas. Manque d'habitude. Il ne riait pas souvent. L'hilarité imprimée sur le visage jusque dans la mort.

– Je l'ai vu basculer, j'ai essayé de le retenir. Ses chaussures me sont restées dans les mains. Voilà.

Silence. Encore un fameux silence... Même Oum Kalsoum a fait une pause, dans le Scopitone. Puis Hadouch s'est penché sur Semelle, à le toucher. Il a chuchoté :

– Et les valises ?

– ...

– ...

– Honnêtement, je pouvais pas les laisser là, a murmuré Semelle. N'importe qui aurait pu les voler.

– Elles sont où ?

– ...

– ...

– ...

– Chez moi.

Le temps que je comprenne ce que Semelle venait de répondre, Mo et Simon avaient disparu. Hadouch souriait.

– T'inquiète pas, Semelle, on dira rien à Titus et Silistri. En échange de notre discrétion, on va le gérer, ton petit avoir. On va te l'assurer ta rente, nous. Tiens, je vais même t'augmenter. Deux mille cinq par semaine, ça te va ?

– Trois mille, a dit Semelle.

– Deux mille six, a proposé Hadouch.

– Huit, a suggéré Semelle.

– Sept...

– Et il ne faudra pas oublier *les Fruits de la passion,* intervint Gervaise, qui n'aurait rien dû entendre de ces chuchotements.

Hadouch se figea. Quel genre d'oreilles avait cette femme ?

– Eh oui, insista Gervaise, il faut penser à Ophélie et à Maracuja.

Là, Hadouch ne pouvait rien contre. Gervaise parut soulagée :

– On va pouvoir se passer de la municipalité.

Hadouch opina le plus vaguement possible.

– Et ouvrir d'autres crèches un peu partout, continua Gervaise.

Hadouch leva une main préventive mais Gervaise hochait déjà la tête de la compassion :

– C'est qu'il y en a des putassons, à travers ce pauvre monde !

Elle eut de nouveau l'air inquiet :

– Hadouch, tu crois qu'il y aura assez d'argent pour tous ces gamins-là, dans tes deux valises ?

Hadouch ouvrit les deux mains et la bouche...

– Soustraction faite de la pension de Semelle, bien sûr, concéda Gervaise.

Les dernières bouteilles se posaient sur la table. Titus et Silistri allaient refaire surface d'une seconde à l'autre.

– À moins de tout confier aux œuvres de la police..., suggéra Gervaise.

Hadouch clappait après la parole comme un poisson dans son bocal. Il y avait du désespoir dans le regard qu'il me lança. Mais que pouvais-je y faire ? Tu verras, Maracuja, on ne peut pas gagner à tous les coups. Même oncle Hadouch ne peut pas.

– D'accord avec toi, Hadouch, conclut Gervaise dans un murmure, il vaut mieux que tout cet argent aille aux *Fruits de la passion*...

DU MÊME AUTEUR

Aux Éditions Gallimard

AU BONHEUR DES OGRES, Folio n° 1972.

LA FÉE CARABINE, Folio n° 2043.

LA PETITE MARCHANDE DE PROSE (prix du Livre Inter 1990), Folio n° 2342.

COMME UN ROMAN, Folio n° 2724.

MONSIEUR MALAUSSÈNE, Folio n° 3000.

MONSIEUR MALAUSSÈNE AU THÉÂTRE, Folio n° 3121.

DES CHRÉTIENS ET DES MAURES, Folio n° 3134.

MESSIEURS LES ENFANTS, Folio n° 3277.

AUX FRUITS DE LA PASSION.

Aux Éditions Gallimard-Jeunesse

Dans la collection Lecture Junior

KAMO L'AGENCE BABEL. *Illustrations de Jean-Philippe Chabot,* n° 1.

L'ÉVASION DE KAMO. *Illustrations de Jean-Philippe Chabot,* n° 7.

KAMO ET MOI. *Illustrations de Jean-Philippe Chabot,* n° 13.

KAMO L'IDÉE DU SIÈCLE. *Illustrations de Jean-Philippe Chabot,* n° 22.

Aux Éditions Hoëbeke

LES GRANDES VACANCES, *en collaboration avec Robert Doisneau.*

LA VIE DE FAMILLE, *en collaboration avec Robert Doisneau.*

VERCORS D'EN HAUT : LA RÉSERVE NATURELLE DES HAUTS PLATEAUX, Milan.

Aux Éditions Futuropolis/Gallimard

LE SENS DE LA HOUPPELANDE, *en collaboration avec Jacques Tardi.*

LA DÉBAUCHE, *en collaboration avec Jacques Tardi.*

Pour la jeunesse, chez d'autres éditeurs

LE TOUR DU CIEL, Calmann-Lévy et RMN.

QU'EST-CE QUE TU ATTENDS, MARIE ? Calmann-Lévy et RMN.

LE GRAND REX, Centurion-Jeunesse.

SAHARA, Éditions Thierry Magnier.

Aux Éditions Nathan

CABOT-CABOCHE.

L'ŒIL DU LOUP.

COLLECTION FOLIO

Composition Floch.
Impression Bussière Camedan Imprimeries
à Saint-Amand (Cher), le 10 janvier 2001.
Dépôt légal : janvier 2001.
1ᵉʳ dépôt légal dans la collection : août 2000.
Numéro d'imprimeur : 010171/1.
ISBN 2-07-041533-3./Imprimé en France.